# 너와 나의
# 점심시간

# 너와 나의 점심시간

## 우리가 가장 열심이었던 날들

김선정 에세이

문학동네

# 차례

2부

# 하루도 조용할 날 없는 어린이 민원 상담실

3부

# 너도나도 애쓰는 삶의 현장에서

프롤로그

# 너와 나의 점심시간

열두시가 가까워지면 묘하게 설레고 다급한 기운이 교실을 감싸기 시작한다. 다른 반 아이들이 손을 씻기 위해 교실 문을 여는 소리, 수업이 끝나 웅성거리는 소리가 들려오고 맛있는 냄새가 문틈으로 솔솔 들어온다. 급식실과 가까운 교실의 아이들은 냄새만으로 오늘의 메뉴를 맞힐 수 있다. 학습지나 공책을 제출한 아이들이 하나둘 교실 게시판 앞에 모인다.

"야, 오늘 닭갈비 나온다!"

예외 없이 환호성이 따라온다. 곧 점심시간을 알리는 종이 울리고 기대감을 안은 아이들이 손을 씻고 줄을 선다. 날마다 줄 서는 순서가 달라진다. 공평하지 않았다가는 골치 아픈 일이 벌어지기 때문에 대체로 번호 순서대로 선다. 맨 앞에 섰던 사람은 다음날 맨 뒤로 가는 식이다.

줄을 세우는 건 힘들다. 맨 앞에서 선생님 손을 꼭 잡으며 가고 싶은 아이도 있고 어떻게든 뒤로 빠져서 친한 친구와 장난을 치고 싶은 아이도 있다. 손 씻는 속도도 저마다 달라서 한참을 기다려야 한다. 손 씻고 나오다가 친구와 마주쳐서 이야기를 하기도 하고 원수와 부딪쳐서 싸움을 하기도 한다.

"아 새치기하지 말라고!"

"쌤! 얘 장난쳐요!"

이동을 하는 중에도 끊임없이 고발이 들어오고, 기다림이 길어지면 더 난리통이 벌어진다. 푸른 하늘 은하수를 하며 짝짝 손뼉을 마주치고, 발로 가위바위보를 하고, 알 수 없는 이유로 치고받고 엎치락뒤치락한다. 이런 대혼란의 틈바구니에서 끝없이 잔소리를 하는 어른이 바로 나다. 똑바로 서라. 딴짓하지 말고 앞사람 따라서 이동을 해라. 새치기하지 마라.

겨우 우리 차례가 왔다고 끝난 건 아니다. 작은 아이들이 급식판을 들고 두리번거리며 빈자리를 찾고 있으면 다른 아이들과 부딪치거나 사고가 나기 때문에 얼른 앉을 데를 찾아 일러주거나 데리고 가서 앉혀줘야 한다. 이렇게 서른 명 가까이 되는 아이들을 다 앉히고 내 차례가 되어 몇 술 뜰라치면 벌써

다 먹은 아이들이 하나둘 자리를 뜨고 있다.

디저트 뚜껑은 왜 이렇게 뜯어지지 않는 것인지. 일회용 간장과 연두부 사이엔 어떤 상관관계가 있는 것인지. 먹는 법도 집어드는 법도 반찬마다 다 다르니 아이들에게 하나하나 알려주는 것도 담임의 일이다. 아이들의 시중을 들다보면 식욕이 사라지고 숟가락 움직이는 속도는 저절로 빨라진다. 이것이 이십여 년이 넘게 반복된 나의 점심시간이다.

유난히 기다림이 길었던 어느 점심시간. 세상 지루한 얼굴로 줄을 세우던 나는 한 아이가 밥 먹는 과정을 오래 지켜보게 되었다. 아직 단체급식이 서툴러 보이는 작은 어린이였다. 아이는 조그만 손으로 조심조심 식판에 밥과 국과 반찬을 받았다. 조금만 삐끗하면 흘리기 때문에 온 힘을 다해 식판을 들고 있다. 선생님이 알려준 자리로 아슬아슬 균형을 잡으며 걸어간다. 잘 잡지 않으면 홱 돌아가버리는 급식실용 의자를 몸쪽으로 끌어 무사히 자리에 앉는다. 밥을 먹고, 반찬을 먹고, 국을 먹고. 아이는 너무 빨리 먹거나 너무 느리게 먹지 않으려고 속도를 맞추고 있다. 중간중간 다른 아이들을 보고 선생님도 건너다보고 다시 밥을 먹는다. 음식을 너무 많이 남기지 않으려고 신경도 쓰는 것 같다. 그렇게 오물오물 다 먹은 후에 일어서도 되는지 잠시 눈치를 본다. 식판 한 곳에 남은 밥과 국과 반찬을 모으고 천천히 일어난다. 아직 밥을 먹고 있는 친구들 사이를 조심조심 헤치고 나와서 잔반을 버리고 식판과 수저를 정리한다. 집에서도 식당에서도 해본 적 없었을 그 복잡하고 어려운 과정을 천천히 그러나 빈틈없이 해내고 있었다.

여러 학년이 얽혀 밥을 먹는 소란한 틈바구니에서 훌륭하게 밥을 먹던 아이. 부모님도, 선생님도, 친구도 알아주지 않는 노력을 기울이며 애를 쓰던 아이. 그날 나는 급식 먹는 어린이를 처음 제대로 본 것 같았다. 그리고 깨달았다. 매 순간 저런 노력이 어린이의 학교생활을 채우고 있다는 것을. 내가 내 자리에서 애쓰듯이 아이들은 아이들 자리에서 온몸으로 애쓰고 있다는 것을. 나 또한 그런 시간을 거쳐 이렇게 어른이 되어 서 있다는 것을.

학교를 그만둔 후 제일 먼저 한 일은 좋아하는 칼국숫집에서 혼자 점심을 먹고 고요한 카페에서 커피를 마시는 것이었다. 내가 그렇게 원하던 학교 밖 평일의 점심시간. 이제 나는 그 점심시간을 얼마든지 누릴 수 있다. 하지만 가끔은 급식실의 냄새와 소리들이 생생하게 떠올라 생각에 잠긴다. 그곳에서 밥을 먹던 아이들이 생각난다. 학교 곳곳에서 이루어지는 촘촘한 노력과 눈물겨운 사회생활의 장면들이 조각조각 떠오른다.

이제 갓 여덟 살이 된 어린이가 열네 살 청소년이 되어 졸업하는 초등학교는 모두가 아는 곳 같지만 모두가 잘 모르는 곳이다. 다들 어린 시절을 거쳐와서 잘 안다고 생각하기 때문일까. 내 앞의 어린이는 내가 모르는, 나와는 다른 사람이라는 사실을 자꾸 잊고 그저 막연하게 뭉뚱그려 짐작하고 얘기한다.

나라는 존재를 넘어 세상의 법칙 속에 들어가 자리하기 위해 고군분투하는 어린 사람들, 내가 학교에서 목격한 것들은 그런 것이다. 내가 열심일 때 상대방의 열심은 잘 안 보인다. 그 상대가 어린이일 때는 더욱 그렇다. 나는 내 노력을 생각하느라 어린이들의 노력을 생각할 틈이 별로 없었다. 그런 장면들을 알아보기 시작한 것은 학교를 떠날 때가 되어서였다. 늦었지만 지금이라도 내가 본 것을 잘 써두고 싶다고, 잘 써두어야 한다고 생각했다. 쓰다보니 이것은 나에 대한 기록도 아니고 어린이에 대한 기록도 아니었다. 어린이들의 삶터고 나의 일터였던 교실, 그곳에서 함께 살던 너와 나에 대한 기록이었다. 너도 애쓰고 나도 애쓰던 그 무수한 점심시간들처럼.

● 책에 등장하는 어린이들의 이름은 가명이며, 일부 일화는 글로 풀어내는 과정에서 다소간의 각색을 거쳤음을 미리 일러둡니다.

✦ 1부 ✦

# 어쨌든 오늘도 교실로

## 맞춤법의 기쁨과 슬픔

오늘 무용놀이를 했다. 친구들과 같이 했다. 무용놀이를 하니 정말 재미있었다. 내일도 또 하고 싶다. 자꾸자꾸 또 하고 싶다.

글쓰기 공책에 적힌 글을 보고 우리가 전날 체육을 했나 한참 생각했다. 알고 보니 사회시간 이야기를 적은 것이었다. 사회시간에 무역놀이를 했다. 각자 나라를 정해 한정된 자본과 자원으로 기술력의 단계를 높여가는 게임 형태의 수업이다. 놀이도 재미있고 얘기할 거리도 많아 오랜만에 즐거운 사회수업이었다.

교육과정이 개편되기 전에는 초등학교 교과서에도 한자말이 많았다. 특히 6학년 역사수업을 할 때는 비슷한 네 글자 한자

말이 왜 그렇게 많은지, 임오군란, 갑오개혁, 갑신정변 같은 어려운 말을 목이 터져라 설명하고 외우고 읽고 공부했다. 하루는 사회시험을 보는데 답란에 이상한 말이 쓰여 있었다.

| | | | |
|---|---|---|---|
| 이 | 모 | 불 | 란 |

'임오군란'을 잘못 쓴 거라는 걸 알아보는 데 약간 시간이 걸렸다. 그날로 답을 쓴 어린이의 별명은 '이모'가 되었다. 넉살 좋은 아이라 친구들이 귀찮게 하면 "이 녀석, 이모한테 혼난다" 하며 껄껄 웃었다. 십 년이 넘은 지금도 그 제자들을 만나면 이모의 안부를 묻는다.

암호보다 어려운 신기한 맞춤법의 나라에서 길을 헤매며 아이들의 글을 읽는다. 웬만한 글은 앞뒤 맥락을 보며 해독해내지만 가끔은 도저히 무슨 말인지 모를 때도 있다. 그럴 때는 글쓴이를 불러서 직접 해독을 부탁하는데, 대부분 자기도 못 읽는다.

● 금요일에 컵받임 만들기를 했다. 컵받임은 양말목으로 만든다. 선생님이 가져가도 된다고 했다.

- 운동장을 한 박기 돌았다. 닥장 근처에서 개나리, 목련을 봤다. 개나리는 위에서 떠러트리면 푸뢰펠라처럼 돈다.

- 우리 엄마가 학교에 왔다. 공개수업 때 신경을 않스려고 노력했는데 작고 싱경이 쓰였다.

- 선생님이 봄과 갈연댄 책을 일거 줬다. 그 책 다 일거 준 다음엔 운동장 한 박끼를 돌라다.

- 오늘 폭크댄스를 했다. 챙피했다. 팔장도 낀다. 그것도 여자랑. 근대 선생님이 잘한다고 한번 더 하라고 했다. 개속해 보니까 깨 재밌었다.

그날 글쓰기에서 많이 틀린 글자들을 모아 칠판에 쓴다. 여러 번 써보면서 연습하고 받아쓰기를 한다. 'ㅔ'와 'ㅐ'를 구분하는 법을 배우고 낱말에 붙여 써야 하는 글자들을 배운다. 겹받침처럼 어려운 것들은 따로 모아서 익힌다. 받아쓰기에서 틀린 글자는 다시 연습한다. 처음에 열 개 틀리면 다음에는 아홉 개만 틀리자고, 그다음에는 여덟 개 틀리자고 약속하고 격려한다. 아이들은 맞춤법과 싸우고 자기 자신과 싸운다. 고독한 싸움이다. 1학기에 도저히 알아볼 수 없던 글들은 이런 과정을 거치면서 점점 해독 가능한 글로 바뀌어간다. '닥'이 '닭'으로 바뀌고, '일거'가 '읽어'로 바뀌고, '만다'가 '많다'로 바뀐다. 그렇게 글자를 배우면서 숲속에 부는 바람소리, 비를 맞고 있는 텃밭, 어디에서나 기어가는 지렁이 같은 사소하고 아름다운 것들을 글자에 꾹꾹 눌러 담는다.

- 뒷산에 산책을 갔다. 눈을 감고 소리를 듣는 거다. 나문입 소리가 났다. "기억을 하라"고 선생님이 말했다.

- 비가 온다. 나의 밭이 꿀꺽 꿀꺽 물을 먹네.

- 지렁이 말은 못해도 귀엽다. 진흙에도 살고 운동장에도 살고 어디에서나 사는 지렁이

신기한 맞춤법의 세계. 그보다 더 신기한 것은 어설픈 맞춤법으로 마음 울리는 글을 쓰는 아이들이다. 글쓰기 지도를 해 본 선생님들은 다 안다. 1, 2학년 아이들이 쓴 글은 모두가 한 편의 시다. 그들은 한정된 단어로 최대치의 감정을 표현하는 데 선수들이다. 상투적인 표현, 흔하디흔한 의성어 대신 자신만의 언어를 사용한다. 빗소리, 바람소리, 낙엽 밟는 소리가 한 번도 들어보지 못한 새로운 날말로 표현된다. 기쁨, 슬픔, 괴로움,

억울함 같은 감정을 나타내는 말도 마찬가지다. 아이들이 자신의 감정을 최대치로 표현하고자 애쓴 글을 보면 마음이 찌르르해진다.

애석하게도, 암호를 해독해낸 감동과 기쁨을 누리는 것은 한때의 일이다. 아는 글자가 많아지고 표현이 늘어갈수록 아이들의 글은 조금 싱거워진다. 책을 읽고 맞춤법을 배우고 상황에 따라 쓰이는 단어와 문장들을 알게 되면서 밋밋하고 비슷비슷하게 변하기 시작한다. 모든 글쓰기의 끝이 "즐겁다" "재미있었다"가 되는 것이다.

아이들의 글이 점점 매끈해지는 것을 보며 어쩐지 아쉬워 한숨을 쉰다. 나 혼자만 읽기 아까워 여기저기 자랑하고 싶었던 그 시들은 다 어디로 가버린 걸까. 하지만 어쩔 수 없다. 이것은 내가 해야 하는 일이다. 오직 자기 자신으로 반짝반짝하던 존재들, 나만의 감각으로 충만하던 개인들을 사회의 일원으로 편입시키고 무탈히 자리를 잡게 하는 일. 사람은 나로서 충분한 시절, 내 감각이 주목받고 내 표현이 전부인 시절을 벗어나 나와 같이 빛나는 존재였을 타인과 함께 살아가는 법을 배워야 한다. 글쓰기로 말하자면 맞춤법이나 호응관계나 문장부호 따위를 받아들여야 하는 것이다. 나는 아이들을 신기한 맞춤법의 세계에서 매끈한 법칙의 세계로 인도한다. 언젠가 이 밋밋한 학교를 떠나 울퉁불퉁하고 멋진 자신만의 세계를 만들어 나가기를 기대하면서.

# 초여름 벤치에서 나눈 대화

급식을 먹고 나면 운동장이나 학교 뒤뜰을 산책한다. 혼자 그네를 타는 아이, 토끼장 앞에서 토끼를 구경하는 아이, 철봉이나 구름사다리 위에 올라가 앉아 있는 아이가 보인다. 이때 만나는 아이들은 군중 속에 섞여 있을 때는 보지 못했던 한 아이의 얼굴을 하고 있다.

운동장을 반바퀴쯤 돌고 벤치에 앉아서 한껏 계절감을 드러내는 뒷산이나 축구하는 아이들을 쳐다본다. 운동장에 쏟아지는 정오의 햇살은 뜨거울 대로 뜨겁다. 내가 앉아 있으면 아이들이 슬금슬금 다가와 말을 건다. 오늘 온 녀석은 환이다. 바로 옆에 오는 건 어색한지 조금 떨어진 벤치에 앉아서 말을 건

넨다. 가서 친구들하고 좀 놀았으면 좋겠는데 뭔가 쓸데없는 대화를 시도하려는 모양이다. 아침에 마을버스에서 졸다가 종점까지 가는 바람에 기사 할아버지에게 혼나고 왔다는 환이. 그렇게 온 마당에 아까 수학 단원평가를 앞두고 1단원은 자신 있다며 백 번쯤 소리를 질렀더랬다. 호언장담이 무색하게, 환이는 56점을 맞았다. 천하에 무신경한 환이도 백 번쯤 자신 있다고 말했는데 56점을 맞은 건 약간 겸연쩍었는지 뜬금없이 내게 묻는다.

"선생님, 개그맨들은 공부 잘해요?"

"글쎄, 너 개그맨 되려고?"

"어른들이 되라는데 아무래도 56점 맞아서는 힘들 것 같아요."

도대체 어떤 어른들이 무슨 근거로 환이에게 개그맨이 되라고 했을까? 혹시 마을버스 할아버지? 개그맨이 되라는 권유를 받았다는 것도 웃겼고, 수학 56점 맞으면 개그맨이 못 될 거라며 실망하는 것도 웃겼다. "환아, 56점 맞아도 개그맨 될 수 있어. 힘내." 이렇게 격려를 해야 하나? 고민하고 있는데 환이는 느닷없이 옆에 서 있던 인수를 끌어들여서 또 묻는다.

"그런데 인수는 몇 점 맞았어요?"

인수와 환이는 천적이면서 공생하는 관계다. 서로 조롱하고 막말을 예사로 하면서도 굳이 같이 논다. 둘 다 성적이 좋지 않지만 공부로도 경쟁한다. 다른 사람은 몰라도 네가 나를 건드린다면 그건 못 참지, 하는 느낌이다. 인수는 마침 제시간에 문제를 다 풀지 못해서 나중에 내기로 한 참이었다.

"인수는 아직 다 못 풀어서 채점 못 했는데."

나는 솔직하게 말했다가 아차 하며 인수의 눈치를 살폈다. 환이는 크게 위로받았는지 환하게 웃었다. 그러고 눈치도 없이 인수를 격려한다.

"너도 노력하면 잘할 수 있어."

싸움이 날까봐 걱정했지만 인수는 맛있는 급식을 배불리 먹어서인지 다행히 크게 반응하지 않았다. 나는 속으로 안도의 한숨을 내쉬었다. 인수 덕에 기분이 좋아진 환이는 갑자기 내가 쓴 동화 이야기를 꺼냈다.

"선생님이 『최기봉을 찾아라!』 쓴 거 사람들이 알아요?"

"어떤 사람들?"

"그냥 지나가는 사람들이나 저기 마을 사람들이요."

"모르겠지."

"막 알리고 싶지 않아요?"

"글쎄. 어떻게 막 알리지?"

"말하고 다녀요. 지나가는 사람들한테."

나는 그 말을 듣고 크게 웃었다. 학교에서 조금 떨어진 읍내에서 내가 동화작가라고 말하고 다니는 상상을 했기 때문이다.

"안녕하세요. 제가 『최기봉을 찾아라!』를 쓴 김선정입니다."

"최기봉을 찾으라고요? 그게 누구죠?"

"아니 세상에. 『최기봉을 찾아라!』를 쓰셨다고요. 작가님을 뵙다니 이런 영광이 다 있나."

내가 갑자기 역할극을 펼치자 아이들은 더 크게 웃었다.

나와 환이와 인수가 앉은 벤치 앞, 뙤약볕이 내리쬐는 운동장에서 아이들이 땀 흘리며 축구를 하고 있다. 점심을 다 먹은 선생님들이 지나가다가 우리가 함께 있는 것을 보며 미소를 지어준다. 아직은 그늘 아래가 선선한 초여름. 커다란 느티나무 아래 벤치에서 이런 얘기를 하다보니 기분이 좋아졌다.

교사나 부모의 위치에서 어린 사람과 대화를 하기는 무척 어렵다. 말이 대화지, 대부분 훈계나 연설이 되기 일쑤이기 때문이다. 그날 나는 56점 맞을 거면서 아침부터 그렇게 큰소리를 쳤냐고 핀잔을 줄 수도 있었고, 개그맨이 되기 위해선 무엇을 준비해야 할지 진지하게 진로상담을 할 수도 있었고, 친구가 곤란해할 질문은 하지 않는 게 좋다고 일러줄 수도 있었고, 지금은 56점이지만 열심히 공부해서 다음에는 더 좋은 점수를 맞아보자며 격려를 할 수도 있었다. 그 많은 함정을 대충 피해가며 나는 환이와 초여름 벤치에서 하하 웃으며 이야기할 수 있었다.

예전에는 아이들과 무용한 대화를 자주 나눴고 그런 나를 자랑스럽게 여겼다. 훈계와 격려가 아닌 대화를 나누며 친구 같은 선생님이 되었다고 으스댔다. 시간이 흐르면서, 아이들에게 나는 선생님이지 친구가 아니라는 것을 알게 되었다. 그리고 아이들에게는 친구도 필요하지만 선생님 또한 꼭 필요하다는 것도 알게 되었다. 젊을 때는 교실에서 선생님 자리보다 친구 자리에 서는 게 더 쉬웠다. 그러나 한번 친구의 자리로 갔다가 다시 선생님의 자리로 오는 게 어려워 학급운영이 곤란해졌던 경험이 있다. 나이가 들고 나서는 친구 자리보다는 선생님 자리에 있는 것이 더 쉬웠다. 그래도 가끔은 친구 자리로 가고 싶을 때가 있다. 그렇게 친구 자리로 온 선생님을 다시 선생님의 자리로 보내주는 건 아이들의 눈치와 믿음이다.

지금 생각해보면 환이랑 인수는 저렇게 실없는 말을 나누고도 나를 다시 선생님 자리로 잘 보내주었던 것 같다. 저 별 볼 일 없는 대화를 내가 오래 기억하고 있는 걸 보면.

## 나는 너의 본모습을 알고 있다

5월이면 아이들에게 나에 대한 글을 쓰라고 한다. 선생님을 관찰해서 알게 된 것이나 선생님과 함께한 추억을 위주로 써보라고. 용감하게 숙제를 냈지만 솔직히 긴장된다. 글을 읽기 전에 조금 각오도 한다. 아무래도 글을 쓰다보면 대상에 대한 평가나 마음이 드러날 수밖에 없기 때문이다. 고학년들은 눈치가 빤해서 어떻게 하면 읽는 사람이 좋아할지 생각해서 쓰는 편이지만 가끔은 상처받을 정도로 공격적인 단어를 쓰기도 한다. 그래서 선생님 글쓰기는 내 마음이 좀 튼튼할 때 해야 한다.

용기를 내면서까지 이 글쓰기를 했던 이유는 아이들 글 속에 투명하게 드러난 내 모습을 보고 싶어서였다. 고학년들이 쓴 나에 대한 글을 꺼내본다.

- 김선정 쌤은 단발머리에 안경을 썼고 옷은 그리 화려하진 않다. 쌤은 맨날 형식이랑 한판 붙자고 하고 시원이랑은 붙지 말자고 한다. 김선정 쌤은 유명하지 않은 작가다. 하지만 네이버에 '김선정'이라고 치면 쌤이 가을에 차를 마시고 있는 사진이 나온다.

- 목요일 세시쯤에 선생님이 말했다. "다목적실은 문이 잠겼는데 어떻게 들어갔어?" 나는 말했다. "제가 창문으로 들어가서 문을 땄는데요?" 그때 선생님이 너 맞아야겠다며 엉덩이를 때렸다. "내가 이렇게 가르쳤어? 어? 어?" 하며 또 때렸다. 나는 이유를 알 수 없었다.

- 선생님이 기빈이네 물로켓을 보고 날아가다 터질 거라고 했다. 그래서 그 물로켓은 '망언 선정호'가 되었다.

- 선생님과 공기 대결을 했다. 처음엔 "목숨을 걸고 하자"라고 하셨다. 목숨을 걸었는데도 선생님이 지셨다. "내 목숨을 가져라"라고 해놓고는 그게 끝이었다. 두번째엔 "20년 내기로 못 채운 만큼 이긴 사람이 손목을 때리자"라고 하셨다. 이번엔 엄청 열심히 해서 이기셨다. "히히히" 웃으며 "이얏" 하고 때

린다. 언젠간 복수하리라.

● 이유는 모르지만 학생들에게 저주를 거신다. 민주가 집에 갈 때쯤 뒤에서 소리치신다. "빗자루에 걸려 넘어져라!!"

● 선생님께서 오늘 아침 학교에서 야영을 한 1, 2학년들에게 우리 5, 6학년은 오늘밤 아무것도 안 덮고 운동장에서 누워 잘 거라고 거짓말을 하셨다. 껌벅 속아 넘어가는 아이들이 재밌다며 다음번엔 저학년을 맡겠다고 하신다. 불쌍한 저학년들이 내년에 선생님께 당하지 않도록, 선생님을 잘 구슬려서 고학년 맡으시게 해야겠다.

하지만 나는 다음에 저학년을 맡았다. 저학년들이 쓴 글도 옮겨 적어본다.

● 내가 들어와서 선생님을 깜짝 놀래켰다. 재밌었다.

● 모둠데이트 때 내가 선생님한테 딱지를 빌려줬다. 그런데 내가 이겼다.

● 4월쯤에 선생님이랑 나랑 지훈이랑 나연이랑 윤수랑 다함께 대청소를 하였다. 선생님이 더 깨끗이 하라고 했다.

선생님이 자주 하는 말은 선생님이 말할 때 말하지 마라다.

선생님은 민혁이랑 정현이랑 나랑 뭉쳐 다녀서 혼낸다. 정현이는 선생님의 원수 1호였었다.

나는 알림장을 늦게 쓴다. 그래서 선생님께 늘 혼난다.

내가 대걸레 심이 없다고 했는데 연파랑색 큰 빗자루로 하라고 했다. 그래서 허리가 아팠다.

내가 의자를 까딱거릴 때 선생님은 나를 째려본다.

아이들은 이런 글을 쓰면서 나한테 '째'는 어떻게 쓰냐 '혼'은 어떻게 쓰냐 열심히도 물어봤다. 아이들 글 속에서 나는 알림장을 늦게 쓴다고 혼내고, 의자를 까딱거린다고 째려보고, 선생님이 말할 때 동시에 말하지 말라고 뭐라 한다. 기분이 좋으면 장난을 치고 막말을 하고 아이들과 신나게 놀기도 한다. 유명하진 않지만 포털사이트 검색창에 치면 가을에 차를 마시는 모습으로 등장하기도 한다. (실제로 네이버가 아니라 구글에서 검색해야 했고, 아주 여러 단계를 거쳐야 겨우 나왔다.)

나는 교실에서 가장 드러난 존재지만 아이들은 나에 대해 이야기하지 않는다. 나는 아이들의 사소한 잘못을 수십 번 수백 번 지적할 수 있지만 아이들은 내 앞에서 나에 대해 이러쿵저러쿵 이야기할 수 없다. 6학년을 맡았을 때 우리 반 남자아이가 선생님의 농담이나 말투가 너무 세서 상처받는다고 진지하게 얘기해서 사과를 한 적이 있다. 하지만 그렇게 말할 수 있는 아이는 드물다. 선생님에 대해 글을 쓰면서도 많은 아이들이 어느 정도 검열했을 것이다. 그래도 글 속에는 분명 내가 잘 몰랐던 나의 모습이 들어 있었다.

하루의 오만 가지 순간을 아이들과 함께하는 초등학교 교사는 자신의 본모습을 숨기기 어렵다. 복도를 지나가다가 점잖고 말없는 줄 알았던 옆 반 선생님이 우렁차게 설명을 하는 모습을 본다. 수줍음이 많아 보였던 선생님이 불처럼 화내는 모습에 움찔 놀라기도 한다. 도무지 속을 알 수 없을 만큼 자신을 잘 안 드러내는 선생님도 아이들에게 미주알고주알 자기 이야기를 할 때가 있다. 아이들 앞에서 그렇게 드러나고 있는데 본인은 잘 숨기고 있다고 착각하고 있을지도 모른다.

아이들 글 속에 드러난 나를 보고 진지하게 반성하며 더욱 훌륭한 교사가 되자고 결심한 적은 거의 없다. 이 글쓰기를 통해 내가 얻는 진짜 성과는, 나와 겹치는 추억이 거의 없는 아이들을 발견하는 것이다. 그런 아이들에게는 일부러 질문을 하기도 하고 같이 놀기도 하면서 추억을 만들려고 노력한다. 함께한 추억이 있으면 서로에게 입체적인 존재가 된다. 내가 아이들에게 그런 존재가 되는 것도 중요하지만 아이들이 내게 그런 존재가 되는 것은 더 중요하다.

## 모두가 좋아하는 시간은 아냐

겁 많은 모범생으로 건너온 내 학창시절도 돌이켜보면 은근히 일탈의 순간들이 많았다. 내 기억 속 최초의 일탈은 6학년 때 수업을 몰래 빠진 일이다. 친구와 함께 도망쳐서 건물 뒤 어딘가에 숨어 있었는데 혼난 기억도 들킨 기억도 없다. 나와 친구의 부재를 알아차린 사람이 아무도 없었단 말인가? 어쨌든 나는 6학년 수업시간, 정확히 말하면 체육시간에 몇 번이나 도망치곤 했다.

그때 우리 선생님과 옆 반 선생님은 몇몇 과목의 수업을 바꿔서 하셨다. 우리 선생님이 음악을 가르치고 옆 반 선생님이 체육을 가르치는 식이었다. 체육시간에는 주로 제식훈련을 했다. 우향우, 좌향좌, 뒤로 돌아 앞으로 가, 차렷, 경례를 반복하면서 조금만 어긋나도 혼나고 또 혼났다. 어떨 땐 발이 잘 안 돌아가서, 어떨 땐 머리부터 움직여서, 어떨 땐 손을 바지 옆선 어딘가에 착 붙이지 못해서. 지금 생각하면 초등학생들에게 왜 그런 훈련을 시킨 것인지 분통이 터진다. 나라 자체가 병영이나 다름없던 시절이었다.

겨우 제식훈련이 지나가면 체조시간이었다. 앞구르기나 옆 돌기, 뜀틀을 했다. 친구들은 〈전설의 고향〉에 나오는 구미호처럼 펄쩍펄쩍 재주를 잘도 넘고 옆 돌기도 잘했는데 나는 끝없이 자빠지기만 했다. 뜀틀을 넘지 못해 나동그라지면 온 반 아이들이 한바탕 웃었고 헝클어진 머리를 수습하며 매트에서 퇴장하는 나의 마음은 비참했다. 달리기는 학창시절 내내 꼴등이었다. 백 미터를 이십 초 안에 뛰어보는 게 고등학교 졸업 때까지 내 소원이었다. 운동장에 그어진 트랙만 봐도 학교를 다니기가 싫어질 정도였다. 내게 체육시간은 늘 공포의 시간이었다.

교사가 되고 나서 만난 어린이들은 대부분 체육을 좋아했다. 하지만 나처럼 체육을 싫어하는 아이들도 분명히 있었다. 준호도 그중 한 명이었다. 체육시간이 되어 모두가 환호하며 체육관에 갈 때 준호는 빈 교실에 남아 있겠다며 고집을 부렸다. 혼자 교실에 있으면 무슨 일이 일어날지 모르니 일단 체육관에 가서 지켜보기만 하라고 준호를 달랬다. 준호는 하기 싫은 걸 하라고 하면 책상을 뒤집어엎고 물건을 집어던지며 화를 내는 아이였기에 조심조심 말해야 했다.

체육관에 온 준호는 의외로 알아서 제 할일을 찾았다. 한 손에는 종이, 한 손에는 볼펜을 들고 피구를 하는 아이들이 점수를 낼 때마다 기록하기도 하고, 콘으로 표시해놓은 선이 흐트러지면 가서 정리를 해주기도 했다. 그렇게 나름 자신만의 체육시간을 꾸려가는가 싶었는데 결국 나에게 와서 하소연을 했다. 종이가 애들 발에 차이고 볼펜도 멀리 날아가버려서 기분이 나쁘다고.

"체육관은 그림을 그리라고 만들어진 곳이 아니고 운동을 하라고 만들어진 곳이야. 잘 붙들고 있지 않으면 종이나 연필을 관리하기가 쉽지 않을 것 같은데. 이제 곧 끝나니까 조금만 참자."

다행히 준호는 화내지 않고 끝까지 잘 참아주었다. 다음주 체육시간, 늘 그렇듯 교실 자리에 꼭 붙어 있는 준호에게 오늘도 체육관에 가자고 했다. 그러자 뜻밖에도 준호가 이렇게 말했다.

"오늘은 피구를 한번 해볼까요?"

큰 결심을 한 얼굴이었다. 그리고 그날 준호는 정말 피구를 했다. 경기가 시작된 지 얼마 되지 않아 등을 찰지게 얻어맞고 탈락했지만 무려 세 경기에나 참여했다. 준호가 모처럼 경기에 참가했으니 내심 좀 봐줬으면 했는데 아이들은 사정없이 준호를 턱턱 맞혀댔다. 준호는 화가 잔뜩 난 표정으로 피구를 했고, 난 그 모습을 보며 준호의 기분을 풀어줄 만한 방법을 하나 생각했다. 경기가 끝난 뒤 아이들이 팀 조끼를 벗는 동안 내가 외쳤다.

"주황색 팀은 선생님에게, 노란색 팀은 준호에게 조끼를 주세요!"

아니나 다를까, 준호는 그 역할이 마음에 드는 모양이었다.

"자자, 얘들아, 천천히! 차례 지키고!"

몰려드는 아이들을 침착한 목소리로 통제해가며 준호는 노란 조끼를 모두 걷었다.

"준호야, 조끼 걷어줘서 고맙다."

함께 창고에 조끼를 두고 나오며 준호에게 말을 걸었다.

"피구해보니 어땠어?"

"맞으니까 너무 기분 나쁘고 재미없었어요. 다음에는 안 할 거예요."

"그래, 피구가 그렇지 뭐. 몇 명만 재밌고 대부분 무서워하며 피해다니고. 다음에는 피구 말고 다른 거 하자."

막상 해보니 재밌었다고, 앞으로는 계속 참여해볼까 싶다고, 그런 대답은 기대하지 않았다. 그런 결말은 쉽게 오는 행운이 아니다. 사실 피구는 어려운 운동이다. 학창시절에 했던 피구 때문에 평생 공을 무서워하게 되었다고 고백하는 어른들을 심심치 않게 보았다. 그들은 각자의 선생님을 떠올리며 도대체 왜 그렇게 초등학생들에게 피구를 많이 시켰냐고 원망을 터뜨릴지도 모른다.

내가 다시 학생이 된다면 체육을 좋아하게 될까? 아무래도 아닐 것 같다. 체육은 또다른 서열화의 시간이다. 요즘은 교과 체육활동이 거의 놀이로 바뀌긴 했지만 그렇다고 해서 모두에게 즐겁기만 한 것은 아니다. 경기에 제대로 기여하지 못하면 잘하는 친구에게 욕을 먹기도 하고, 잘해보고 싶어도 교실 내 인간관계에 따라 기회 자체가 오지 않는 경우도 많다. 예전에는 공부나 인간관계로 크게 두각을 나타내지 못한 아이들이 체육시간만큼은 빛을 발할 때가 많았는데, 갈수록 공부도 잘하고 친구도 많은 아이들이 체육시간을 주도하는 것처럼 느껴진다. 인생이란 게 본래 그리 불평등한 것인지, 성적과 인간관계에서 온 자존감 상승이 운동 능력까지도 이어지는 것인지 잘 모르겠지만 말이다.

그렇게 생각하면 등을 찰지게 얻어맞으면서 끝까지 피구를 한 준호가 참 멋지다. 나처럼 도망치거나 숨지는 않았으니, 적어도 나보다 더 나은 기억을 안고 어른이 될 것이다.

## 내가 제일이다, 어림없구나

현덕의 동화 『너하고 안 놀아』에는 어린이들이 온갖 놀이를 하는 이야기가 실려 있다. 각자 개성이 뚜렷한 노마, 기동이, 영이, 똘똘이가 모여 동네에서 이 놀이 저 놀이를 하며 놀고 싸우는 장면들이 재밌다. 작가가 어린이들을 얼마나 지근거리에서 들여다보며 썼는지 알 것 같다. 딱 내가 학교에서 만난 아이들과 비슷하기 때문이다. 자기가 차지한 걸로 뽐내고 으쓱대고 친구를 약 올리는 모습이 시대만 다를 뿐 똑같다.

책의 「내가 제일이다」 편에는 축대에 올라가 뛰어내리며 "내가 제일이다, 어림없구나"를 외치는 놀이가 나온다. 어릴 때 많이 했던 슈퍼맨 놀이가 생각난다. 높은 곳에 올라가 무서움을 참고 뛰어내린 후 절대로 겁나지 않았다는 듯 허세를 부리는 것이다. 학교에서는 이 허세의 절정기를 보내고 있는 아이들을 자주 만난다. 허세는 1학년 때부터 서서히 싹을 틔우다가 3학년 때 최고조에 이르는 것 같다. 3학년 담임을 하다보면 이런 순간을 자주 만난다.

"여름엔 아주 덥죠?"

"아니요. 저는 하나도 안 더운데요."

"여러분은 아직 용돈은 안 받지요?"

"아니요. 저는 네 살 때부터 받았는데요." "야, 난 일주일에 십만 원 받아."

대답이 뻔한 질문을 해도 마찬가지다. '우리는 모두 사람이다' 같은 말을 해도 반박이 따라올 것이다.

"아니요! 동물이죠. 사람은 다 동물이잖아요."

나는 어떤 명제에도 삐딱하게 따라붙는 3학년식 화법을 생각해낼 수 있다. 가끔 학교에 오는 강사님들은 이런 3학년식 화법에 부딪히면 당황한다. 절대로 지고 싶지 않은 마음, 각종 학습만화를 통해 연마한 지식, 선생님이라는 권위자에게 맞서 이기는 뿌듯함. 이 모든 것들이 결합된 열 살 어린이들의 대꾸는 결코 만만치 않으니까. 나 역시 말꼬리 잡기에 맛들인 어린이들을 상대하다가 수업을 못 할 때도 있다. 나도 모르게 끝까지 설전을 벌일 때가 있기 때문이다. 때로는 훨씬 더 풍부한 나의 지식을 뽐내어 코를 납작하게 해주고 싶지만 어린이를 논리로 굴복시켜봤자 돌아오는 건 상처 입은 자존심과 원한밖에 없다. 상황을 악화시키지 않고 지도할 좋은 방법을 찾아야 한다.

"선생님이 여러분 모두에게 말할 때는 일일이 자기 생각을 밝히지 않아도 돼요. 예를 들면, 오늘 날씨가 맑죠? 여름은 날씨가 덥죠? 이런 말은 여러분 모두에게 물은 거니까, 모두 다 같이 대답하면 되는 거예요. 여러분 중 한 명을 지목해서 의견을 물으면 그때는 잘 생각해서 자세히 대답해주세요."

개별적인 생각을 묻는 질문과 형식적으로 주고받는 인사치레를 상황에 따라 구분해서 대답하라는 것이 아이들에게 쉬울 리 없다. 아직 자신의 존재를 군중 속의 한 명, 사회를 구성하는 한 항으로 대입하지 못하기 때문이다. 내 앞에서 말하는 사람이 내게 직접 얘기를 하든 나를 포함한 모든 사람에게 얘기를 하든, 다 자신에게 묻는 거라고 생각한다.

"가을이 되면 여름옷을 집어넣고 긴팔 옷을 꺼내게 되지요?"

"아니요! 저는 가을에도 반팔을……"

"한 명한테만 물어본 게 아니라 모두에게 말할 때는 어떻게 한다고 했죠?"

"…… 그냥 넘어가요."

지치지 않고 계속 설명하다보면 이제 눈치 빠른 아이들이 나서서 단속을 해준다.

"여러분은 아직 혼자서 여행을 하진 않지요?"

"아니요! 저는……"

"야, 선생님이 이럴 때는 그냥 넘어가라고 했잖아."

자신의 고유한 응답을 들려주지 못한 채 맥 빠지고 재미도 없는 일반적인 담화의 세계로 가는 것이 쉽지는 않을 것이다. 그러나 우리는 찰떡같이 알아듣고 콩떡같이 대답하는 수업의 세계로 향해야 한다. 사회생활을 위한 대화의 기술은 그렇게 배울 수 있는 거니까.

교실에서 생활하다보면 1학년부터 6학년까지 모든 아이들이 진지한 대화의 상대가 된다. 유치원이나 어린이집도 마찬가지일 것이다. 어린이와 대화하는 것은 결코 사소하거나 유치한 일이 아니다. 뭐라 설명하기 힘든 자잘한 노하우가 학년별로 여러 개 있다. 누가 뭐래도 이것은 당당한 전문성이다. 이런 노하우를 알지 못한 채 초등학교 교실에 왔다가는 금방 녹초가 된 채 나가떨어질 거라고 나는 장담할 수 있다. 어린이들은 결코 만만한 상대가 아니다. 하지만 전문직인 나는 망설임 없이 이렇게 말할 것이다.

"어린이들아, 선생님이 제일이야. 어림없단다."

## 놀이는 목숨 걸고

4학년만 넘어가도 놀이나 운동으로 아이들을 이기기가 어렵다. 대체로 나보다 달리기도 빠르고 몸놀림도 민첩하다. 배드민턴이나 피구, 농구, 줄넘기 같은 종목은 말할 것도 없다. 체육시간에 내가 시범을 보이는 것보다 잘하는 아이를 앞으로 불러서 시범을 보여주는 편이 훨씬 더 도움이 된다.

하지만 내겐 6학년과 대결해도 이길 수 있는 종목이 하나 있다. 바로 공기놀이다. 어릴 때 거친 땅바닥에서 조그만 돌 수십 개를 갖다놓고 날이면 날마다 했던 공기놀이. 운동신경이 둔해서 고무줄놀이도 술래잡기도 별로 좋아하지 않았던 나도 공기놀이만큼은 해볼 만큼 해봤다. 바닥에 돌멩이를 잔뜩 깔아놓고 건드리지 않으면서 많이 따먹어야 하는 공기도 하고, 다섯 개 공깃돌로 많이 채는 공기도 했다.

이렇게 거친 환경에서 공기놀이 실력을 연마해온 내가 반들반들한 교실 바닥에서 가벼운 플라스틱 공기로 하는 놀이로 아이들에게 질 리 없다. 일단 경력에서부터 비교가 안 되는 것이다. 요즘 초등학생들이 하는 공기는 다섯 알 공기로 하는 내기 공기다. 공깃돌 한 알부터 시작해서 네 알 먹기까지 간 후 손등에 올려둔 공기를 뒤집어 채는 숫자를 합해 점수를 내는 사람이 우승하는 룰이다.

"선생님은 잘하니까 이십 년 내기를 할 테니 너희들은 오 년만 되면 이긴 걸로 하자."

아이들과 공기 대결을 할 때는 실력자다운 대범함을 보이며 아량을 베푼다. 공기놀이를 잘하는 아이, 처음 해보는 아이, 이제 겨우 규칙을 알게 된 아이 다 끼워준다. 실력이 제각기 달라도 재밌게 놀 수 있다는 걸 경험해봤으면 해서다.

저희들끼리 놀 때 어른인 선생님이 끼면 싫어할 것 같지만 아이들은 의외로 선생님하고 노는 걸 정말 좋아한다. 예전에는 내가 좋은 선생님이어서 아이들이 나랑 노는 걸 좋아한다고 착각했다. 알고 보니 아이들은 웬만하면 선생님과 놀기를 좋아했다. 일단 선생님이라는 절대 강자가 있으면 목소리 큰 아이의 우김질에 당하지 않을 수 있다. 갈등상황이 생겨도 자연스럽게 조절되기 때문에 편하기도 할 것이다. 같은 놀이도 더 재밌어 보이는 효과도 있다. 이유가 무엇이든 간에 내가 한두 명하고 놀기 시작하면 어느새 아이들이 구름떼같이 모여 왠지 으쓱해진다. 어릴 때 못 가져본 교실의 중심인물, 핵인싸의 자리를 다 늙어서 마음껏 차지해본다.

놀이를 시작할 때 "목숨을 걸고 하자"라고 하면 아이들은 어이없어하면서도 즐거워한다. 일등한 사람이 시키는 걸 하자고도 한다. 아이들끼리는 이렇게 일등한 사람이 시키는 걸 하자고 하면 백이면 백 싸움으로 끝난다. 남이 불쾌해할 만한 일을 시키며 왕 노릇을 하려고 드는 아이가 있기 때문이다. 어른이건 아이건 놀이판에서 상대의 기분을 상하게 만드는 사람은 늘 있다.

하지만 선생님과 놀 때는 다르다. 내가 일등을 하면 아이들에게 오른발을 목뒤로 감아보라고 시킨다. 머리카락 하나를 뽑으라고 할 때도 있고 코를 벌름거리라고 할 때도 있다. 아이들은 오른발을 목뒤로 감느라 낑낑대고, 머리카락 하나를 뽑으며 "앗!" 비명을 지르고, 콧구멍을 벌렁거리면서 웃는다. 하는 사람도 웃고 보는 사람도 웃는다. 물론 내가 져도 순순히 오른발을 목뒤에 감거나 머리카락을 뽑거나 콧구멍을 벌렁거리며 아이들을 즐겁게 해준다. 유쾌하고 무해한 놀이판의 기운이 교실에 가득해 내가 어른이고 선생님이라는 사실을 잊어버린 채 같이 막 웃게 된다.

이렇게 쓰고 보니 내가 아주 많은 시간을 아이들과 놀면서 보낸 것 같지만 사실 아이들과 놀이를 할 시간이 그리 많지 않다. 목이 터져라 수업을 하고 나면 잔뜩 쌓인 업무 메신저를 처리해야 하고 다음 수업자료들 챙기기, 아이들이 낸 학습결과물 정리하기 등 할일이 너무 많아서다. 중간놀이시간, 점심시간마다 매번 아이들하고 놀았다가는 체력이 남아나지 않기에, 힘이 올라오는 금요일에나 가끔 놀 수 있다.

그것도 우리 반만 챙겼던 젊은 시절에나 가능했던 이야기다. 마흔이 넘고부터는 학교에서 차지하는 자리가 점점 커지고 업무의 무게가 늘어서 아이들과 놀 겨를이 없었다. 같이 놀 겨를이 없어지면서 아이들과 멀어졌다. 나는 선생님 자리에 있고 아이들은 아이들 자리에 있고, 그러면서 그 사이에 생겨난 조금은 냉랭한 거리감이 편안할 때도 있었다. 그 편안함에 익숙해지자 진작 이 정도 거리감은 있는 선생님이 됐어야 했다고 생각한 적도 있다.

그러다 우연히 시간과 기운이 난 날, 아이들과 놀다보면 그 대가 없는 즐거움에 여지없이 빠져든다. 1학년이든 3학년이든 6학년이든 다 좋다. 개구리를 접어서 누구 것이 더 멀리 뛰나 뜀뛰기 시합도 하고 종이비행기를 누가 더 멋지게 날리는지 내기도 한다. 바람 없는 날이면 땀이 줄줄 흐르도록 배드민턴도 친다. 나와 함께했던 놀이를 다음날도, 그다음날도 아이들끼리 하고 있으면 마음이 뿌듯하다. 특히 내가 어린 시절에 했던 땅따먹기와 늑목놀이 따위를 자기들끼리 하고 있는 걸 보면 보람차다. 친구들과 놀던 그때 그 기분, 그 꿀맛 나는 재미가 다시 느껴진다.

친구들과 아무 목적도 걱정도 없이 놀았던 기억. 눈감고 술래잡기나 사방치기를 하면서 가슴이 터지도록 웃었던 기억. 그때 같이 놀았던 친구들의 얼굴은 떠오르지 않지만 풍선같이 커다란 즐거움은 아직도 생생하다. 온몸을 팽팽 부풀어오르게 하는 격한 즐거움이었다.

그런 가슴 터지는 재미를 누릴 시간이 부족한 아이들이 너무 안됐다. 학교 끝나고 학원 차 오기 전까지 잠깐 이십 분, 쉬는 시간 잠깐 십 분. 이제 좀 놀 만하면 금방 끝나는 자유시간.

놀이는 목숨 걸고 해야 하는데. 그것이 살게 하는 날들이 많은데. 온통 할일로 채워진 아이들은 도대체 무엇으로 살까.

## 선생님이 결석한 날

4월이면 어김없이 편도염에 걸린다. 나는 바이러스에 강한 편이어서 감기나 독감엔 끄떡없는데 편도는 약하다. 목을 좀 많이 썼다 싶으면 불길한 예감이 들고 그때마다 병원으로 달려가면 어김없이 편도염이다. 한번은 열이 엄청 치솟고 어마어마한 근육통에 시달리며 음식을 넘기는 족족 다 토한 적이 있었다. 오랜만에 2학년 꼬마들의 담임을 맡아 에너지를, 정확히는 목을 쥐어짜며 일한 탓이었다. 똑같은 말을 하루에 백번 하다보니 자빠지고 말았다. 결국 병가를 하루 냈다. 연가고 병가고 교사가 학기중에 쉬는 것은 가시방석이다. 어린아이들을 남의 손에 맡겨놓으면 쉬어도 쉬는 게 아니다.

내가 어릴 때는 선생님이 학교에 안 나오면 다른 반에 더부살이하러 갔던 기억이 난다. 두세 명씩 쪼개어 딴 반으로 보냈던 것이다. 지금은 하루 정도 담임이 안 나오면 다른 반 선생님들이 보결수업을 들어온다. 천금 같은 전담시간에 다른 반 수업을 들어가야 하니 동료 선생님들에게는 무척 미안한 일이다. 학기중에 휴가를 내는 건 여러모로 피하고 싶다.

하지만 이건 교사의 사정일 뿐, 아이들에게 담임 선생님의 결근은 살짝 설레는 일일 것이다. 보결수업을 들어온 선생님들은 너무 빡빡하게 지도하지 않으려 한다. 수업도 어딘가 모르게 느슨하다. 이 교실의 법칙에 낯선 이가 들어왔으니, 반 아이들이 주인 행세를 하며 으스댈 수도 있다. 가끔 작년, 재작년 담임 선생님과 반가운 재회를 하기도 한다.

하루를 쉬는 둥 마는 둥 하고 다음날 학교에 갔는데 아이들의 공책이 내 책상에 쌓여 있었다. 펼쳐보니 모두들 내가 안 와서 특별해진 하루에 대한 이야기를 썼다. 그중 몇몇 글에 똑같은 내용이 있었다. 보결수업을 온 선생님이 "너희들 김선정 선생님 보고 싶니?"라고 물어서 모두 "네!" 했는데 정현이만 "아니요"라고 말했다는 이야기였다.

흥, 겨우 하루 결근한 선생님이 보고 싶냐고 물어본 선생님도 썩 마음에 들진 않지만 굳이 소신 있게 "아니요"를 외친 정현이도 마음에 안 드는 건 마찬가지였다. 더구나 나는 병약한 몸으로 다음날 야외수업을 준비하느라 잔뜩 지친 참이었다. 아이들은 글 쓴 걸로 성에 안 찼는지 정현이가 선생님 안 보고 싶다고 했다며 일러댔다. 이렇게 일러바치는 마음은 또 무엇인가. "걔가 너 안 좋아한대. (실은 나도……)"라고 굳이 밝혀주고 싶다 이건가.

나는 지칠 줄 모르고 일러대는 아이들의 기대에 부응하기로 했다. "아픈 선생님이 보고 싶지 않다니, 오늘부터 정현이를 나의 원수 1호로 지목한다"라고 공개적으로 선포하였다. 아이들은 바로 이거라는 듯 크게 기뻐했다. 정현이도 본인을 내 원수 1호로 지목했다는 사실에 꽤 으쓱해하는 것 같았다. 그때부터 나에게 팔씨름 대결로 승부를 가리자고 하고, 평소와는 달리 상기된 얼굴로 자신이 선생님의 원수 1호라고 자랑하고 다녔다.

사실 원수든 예쁜이든 선생님이 씌워주는 감투는 오래 갖고 있으면 안 된다. 자신의 개성에 맞는 캐릭터를 교실에서 부여받고 그로 인해 유쾌하게 지내는 것은 나쁘지 않다. 대신 그 캐릭터는 평등해야 하는데, 그러기가 쉽지 않다. 더구나 튀는 행동으로 쓰게 된 감투는 다른 아이들에게 좋지 않은 영향을 준다.

다른 아이들도 비슷하게 튀는 행동을 해서 선생님의 감투를 쓰고 싶어하기 때문에, 교실이 과잉행동으로 난장판이 될 수도 있다.

담임은 원하든 원치 않든 교실 속 아이들에게 캐릭터를 부여하고 감투를 씌워주는 존재가 된다. 예능에서 유재석 역할이라고 해야 할까. 교실에 담임라인이 생기면 안 되기 때문에 서둘러 그 감투를 없애기로 했다. 일부러 정현이에게 교실 쓰레기를 좀 주워달라고 부탁했다. 그리고 "나를 도와줬으니 너는 더 이상 나의 원수가 아니다"라고 선언했다. 정현이는 다시 알림장을 늦게 쓰고 청소할 때 도망가는 평소의 정현이로 돌아갔다.

겨우 하루 결근한 선생님이 보고 싶냐는 물음에 "아니요!"라고 말한 정현이는 솔직하고 용기 있는 어린이다. 그 물음에 "네!"라고 우렁차게 대답한 아이들 중엔 그렇게 말해야 할 것 같아서 대세를 따라간 아이도 많을 것이다. 나는 정현이의 솔직한 태도에 마음이 가기도 하지만 교실을 별일 없이 유지시키는 것은 "네!"라고 대답한 대다수의 아이들임을 안다.

각자 개성대로 즐겁고 신나게 살면 좋겠는데 이상하게 교실에는 자꾸 서열이 생긴다. 아이들 사이에서도 더 좋아 보이고 더 매력 있는 캐릭터가 있는 것이다. 그리고 그 친구가 좋아 보일수록 나는 자꾸 초라해진다. 그렇다면 돋보이는 캐릭터 없이 모두가 조금 시시하게 지내도록 하자. 나는 오랜 시간을 돌아 그렇게 선택하였다.

# 1학년이라는 우주

기억도 나지 않는 까마득한 옛날, 내가 국민학교에 막 입학했을 때 이야기다. 이제는 머리가 하얗게 센 우리 엄마가 이런 얘기를 해준 적이 있다.

"너 학교 갈 때 몰래 뒤따라가봤는데, 다리 건너다가 손등으로 눈물을 쓱 훔치고 가더라. 뒤에서 보는데 어찌나 짠하던지……."

나는 전혀 모르는 옛날이야기인데 엄마 이야기를 듣고 나니 어쩐지 그렇게 울었던 기억이 나는 것도 같았다.

지금도 1학년들은 학교에 오면 많이 운다. 교실에 들어오지 않고 복도에서 서럽게 우는 아이, 일단 교실에는 들어왔지만 책상에 엎드려서 우는 아이. 아침부터 많은 아이들이 울고 있다. 이유를 물어보면 대부분 누가 보고 싶어서다. 엄마가 보고 싶고, 할머니가 보고 싶고, 언니나 오빠가 보고 싶기도 하다. 오늘따라 아픈 할머니가 학교에 못 데려다주셔서 서러움이 폭발하기도 하고, 출장 간 엄마를 아침에 못 만나고 와서 목놓아 울기도 한다.

처음 고학년 담임을 할 때 나는 울음에 관대하지 못했다. 나 스스로가 엄청 고양된 슬픔이 아니고서는 눈물이 잘 나지 않는 성격이다보니 울음이 많은 아이들을 보면 난처했다. 아이들은 피구공이 옆에 스치기만 해도, 친구가 소리를 크게 내기만 해도 버튼이 눌린 것처럼 울었다. 너에게는 언어라는 좋은 도구가 있으니 울지 말고 감정을 말로 설명하라고 건조하게 충고할 뻔한 적도 있다. 대부분의 상황은 "울고 나서 좀 괜찮아지면 얘기하자" 정도로 마무리되었다.

그러나 이런 자세로 1학년이나 2학년 교실에서는 생활할 수 없음을 나는 금방 깨달았다. 그들은 가위바위보에 져도 울고, 실내화가방이 안 보여도 울고, 수학책 26쪽이 어디인지 찾기가 어려워도 운다. 이렇게 울고 있는 어린이에게 울지 말고 말로 하라고 했다가는 데시벨이 세 배 정도 높아진 통곡소리를 하루 종일 듣게 될 것이다.

1학년을 몇 번 겪어보니 울고 있는 어린이에게 가장 좋은 특효약은, 의외로 재밌는 수업이었다. 여느 때와 같이 학교에 오자마자 오빠가 보고 싶다고 우는 아이가 있었다. 어르고 달래서 겨우 교실로 데리고 들어와 자리에 앉혔다. 일단 자리에 앉으면 엎드려 있든 울든 하고 싶은 대로 놔둔다. 나는 나대로 곧 아이들에게 재밌는 그림책을 읽어주거나 좋아할 만한 노래를 틀어준다. 친구들이 그림책을 보며 수다를 떨고 노래를 한 소절 두 소절 따라 부르면 울던 아이도 고개를 살짝 들고 쳐다본다. 모른 척하고 더 신나게 그림책을 읽고 노래를 부르다보면 결국 수업이 끝날 때쯤엔 고개를 완전히 들고 있다. 그러다 쉬는 시간이 되면 내 옆에 와서 묻는다.

"선생님, 삼층에 오빠 보러 다녀와도 돼요?"

나는 이제 장난을 치고 싶어서 "응, 다녀와도 돼. 그런데 오빠가 엄청 반겨줄까? 그건 모르겠네" 이렇게 대답한다. 아이는 신이 나서 오빠에게 간다. 커다란 학교에서 1학년 아이가 별관 삼층에 있는 4학년 교실까지 다녀오는 일은 대단한 모험이라 친구들도 주렁주렁 같이 다녀온다. 쉬는 시간이 끝날 때쯤 아이가 돌아오면 묻는다.

"오빠가 반가워해줬어?"

"아뇨. 그냥 가래요."

그러면 그렇지. 이제 까칠해지기 시작하는 4학년 남자아이가 1학년 교실에서 온 여동생을 다정히 반겨줄 리가 있나.

"거봐라. 그런 오빠가 뭐가 보고 싶다고 아침부터 울었어. 약 오르니까 이제 울지 마."

아이는 신이 나서 쫑알댄다. 나에게 다음 시간에 뭐할지 묻고 장난을 친다. 이런 일이 매일 한 아이씩 돌아가며 생긴다.

고학년을 주로 맡다가 오랜만에 1학년을 맡으면 매 순간이 당황스럽다. 아직 글씨를 몰라서 수학책 가져오라는 말도 직접 책을 들고 보여주며 해야 한다. 26쪽이나 32쪽을 찾는 데 평균 십오 분은 걸린다. 책을 폈을 때 원하는 쪽수를 찾기 위해 책장을 뒤로 넘겨야 하는지 앞으로 넘겨야 하는지 잘 모르기 때문이다. 맨 뒤에 앉은 아이는 선생님한테 할말이 있으면 무조건 앞으로 달려나온다. 사물함에서 물건을 꺼낼 때도 순서를 정해주지 않으면 일층에 사물함이 있는 아이와 이층에 사물함이 있는 아이의 몸이 꼬여 난장판이 된다. 그들은 목적을 향해 돌진하기만 할 뿐 나와 같은 목적을 가진 다른 사람의 입장을 아직은 배려할 수 없기 때문이다.

"선생님, 제 옷 좀 해주세요."

"뭘 해주면 되는데?"

"어떻게 좀 해주세요. 불편해요."

옷자락이 어디에 낀 건지, 라벨이 간지러운 건지, 더운 건지 추운 건지, 소매가 답답한 건지 불편한 원인을 찾아 해결해주는 데 시간이 한참 걸린다. 삐져나온 머리를 수습해주기도 하고 풀린 리본을 묶어주기도 하고 운동화를 신겨주기도 하고 엉켜버린 마스크 끈이나 가방끈을 정리해주기도 한다. 손목과 팔꿈치 사이의 애매한 부분을 짚으며 "여기가 아파요"라고 할 때는 또 얼마나 많은지. 대부분은 밴드 한 장과 만능 치료약이라 속인 핸드크림으로 치료되긴 하지만 말이다.

울고 웃고 소리지르고 화내고 발을 동동 구르는 경이로운 생명체 1학년. 그들은 몸에서 퍼져나오는 여러 가지 감각과 세상에서 전해져오는 다양한 자극을 아직 어떻게 표현하고 처리할지 몰라 당황하는 어린 동물들 같다. 나는 그런 그들에게 다가가 몸의 반응들을 말로 풀어준다.

"아파서 그래?"

"슬퍼서 그래?"

"불편한 거야?"

"기분이 나빠?"

수없이 건너오는 이런 말들 속에서 어린이들은 하루가 다르게 자라난다. 좁은 교실 속 딱딱한 의자에 앉아 같은 방향을 바라보는 학교생활에 적응해나간다. 1학년 교실은 우주선 같다. 인생의 긴 항해를 시작한 우주인들이 가득한 우주선. 그 우주선의 선장이 되어 아이들을 돌보고 가르치는 1학년 선생님들은 멋지다. 그들이 가진 노하우는 다른 학년에서 필요한 노하우의 열 배쯤은 될 것이다.

# 성장의 쑥버무리

주 5일 수업이 되기 전 얘기다. 토요일은 급식이 없는 날이어서 학교에서 뭘 자주 해 먹었다. 그늘진 나무 밑이나 체육관 옆 공터에 돗자리를 펴고 앉아 큰 양푼에 밥과 나물을 때려넣어 비빔밥을 해 먹기도 하고, 모둠별로 가스레인지를 가져와 떡볶이나 볶음밥도 해 먹었다. 집에서는 라면도 안 끓여 먹을 것 같은 녀석들이 학교에선 요리하자고 하면 환호하며 좋아했다.

진달래가 화사하게 피고 냉이랑 쑥이 뾰족뾰족 머리를 내미는 봄, 멋진 김 교사는 아이들을 끌고 산으로 간다. 산 초입부터 널린 쑥을 뜯어 봉지에 넣는다. 여기저기 왕창 핀 진달래꽃도 딴다. 이른봄 산에는 진달래가 지천이라 좀 따도 크게 미안

하진 않다. 할머니 따라 나물깨나 뜯어본 아이들은 민들레나 냉이들을 발견해서 알려준다. 생태유치원을 나오거나 숲 체험에 많이 가본 아이들은 산초나 씀바귀, 바랭이, 꽃다지, 애기똥풀도 잘 알고 있다.

"선생님, 이 꽃은 뭐예요?"

"이 나무는 무슨 나무예요?"

아는 건 대답해주는데 대부분 잘 모른다. 그러면 아는 아이들이 달려들어 신나게 대답을 한다. 이렇게 열심히 따온 쑥과 진달래로 무엇을 하느냐, 쑥버무리와 화전을 해 먹는다.

처음 학교에서 쑥버무리를 해 먹을 때 나는 쑥버무리라는 음식을 본 적도 먹은 적도 만들어본 적도 없었다. 대충 쑥에 쌀가루를 버무려서 쪄내면 된다고 알고 있었을 뿐이다. 당시 우리 반 5학년 아이들이 얼기설기 뜯어온 쑥을 씻어 마트에서 사온 쌀가루에 버무린 후 설탕이나 소금 같은 양념도 없이 찜기에 올렸다. 마침 옆 교실에서도 쑥버무리를 만들고 있었다. 그 반은 1학년이라 엄마들이 떡집에서 멋진 쑥설기를 맞춰오고 아이들은 간단한 시늉만 하고 있었다.

시간이 흘러 드디어 우리의 쑥버무리가 완성됐다. 아이들이 침을 꼴깍 삼키며 기대에 찬 눈으로 쳐다봤다. 완성된 쑥버무리는 질펀한 눈밭에 지푸라기 덤불이 놓인 형국이었다. 제대로 골라내고 다듬지 않은 탓에 쑥 사이사이 잡초나 마른풀이 섞여 있었다. 물이 많았는지 쌀가루는 질펀했고 설탕을 뿌리지 않아서 맛이라는 것이 아예 없었다. 아이들은 크게 실망하며 음식이 쓰레기 같다고 막말을 했다. 나는 그래도 열심히 만든 것이니 먹으라고 읍소했고, 아이들은 1학년들이 부럽다며 복도를 서성거렸다. 기웃대는 아이들을 불쌍히 여긴 1학년 선생님이 맛있는 쑥떡을 나눠줬다. 나는 영혼이 없는 떡집 떡을 탐하는 배신자들이라고 소리쳤지만 아이들은 아랑곳하지 않고 쑥떡을 맛있게 먹었다.

그로부터 십여 년 후, 나는 이제 쑥버무리고 화전이고 어엿하게 잘 만드는 베테랑이 되었다. 한번은 내가 맡은 2학년 녀석들이 굉장한 말썽쟁이, 울보, 떠들기 대장들이어서 장렬하게 병가를 내고 말았는데, 그 몸으로 다음날 씩씩하게 산에 올라가 쑥을 뜯고 진달래를 따는 괴력을 발휘했다. 집에 와서는 마른풀이 반은 섞인 쑥을 말끔하게 다듬어 씻었다. 과거의 소여물 같은 쑥버무리에 대한 기억을 되새기며 쑥 다듬는 데 온 힘을 다하다보니 무려 세 시간이 걸렸다. 그다음날은 교실 바닥에 쭈그려 앉아서 화전을 구웠다. 아이들이 찹쌀가루로 반죽해서 동글납작한 떡을 가져오면 그 위에 진달래를 곱게 얹어 전을 부쳤다. 달콤 짭짤 쑥버무리와 고운 화전이 멋들어지게 완성되었다. 아이들은 몇 접시를 갈아치우며 신나게 먹었다.

소여물 쑥버무리를 먹었던 아이들은 이제 서른 살이 다 되었을 것이다. 그때 아이들을 가르치던 내 나이와 크게 차이 나지 않는다. 쑥버무리의 기억은 깨끗이 잊어버렸는지도 모른다. 하지만 나는 아이들과 먹었던 숱한 음식들 중 유난히 그때 그 엉성했던 쑥버무리가 생각난다. 나는 이제 쑥버무리를 잘 만들 수 있게 된 만큼 다른 것도 더 잘할 수 있게 되었다.

이것이 성장이라는 것이다. 보았느냐, 18년 전 5학년들아.

# 매너가 사람을 만든다

퇴직을 하고도 자꾸 학교에 간다. 코로나에 걸렸거나 병가를 낸 선생님 대신 수업을 해달라는 요청 때문이다. 다들 전염병과 싸우느라 녹초가 된 판에 거절할 수 없어 가다보니 한 달 내내 학교에 가고 있었다.

얼마 전에는 실로 오랜만에 1학년 수업을 했다. 시간강사로 아이들을 만나다보니 담임 할 때와는 느낌이 전혀 달랐다. 바로 전날 6학년 수업에 들어갔던 참이라 더 적응이 되지 않았다. 6학년 수업에서는 일상생활에서 자주 쓰이는 관용어구들을 아이들에게 나눠주고 세 명씩 모둠을 만들어 관용어구에 맞는 상황극을 만들어보라고 했다. 단어나 어구의 뜻을 이해하는 데 최고의 방법은 맥락을 만들어보는 일이니까. 아이들은 의논을 하는지 사담을 하는지 알 수 없지만 열심히 떠들었다. 교실을 둘러보면서 대충 상황을 파악한 후 좋은 내용이 나올 것 같은 모둠에게 먼저 발표를 시켰다.

"이 녀석, 너와 한판 붙기를 목이 빠지도록 기다렸다."

"너 같은 놈과 싸우는 것은 누워서 떡 먹기지!"

한 편의 무협극이 나왔다. 지켜보던 아이들도 발표한 아이들도 한바탕 즐겁게 웃었다. 다음 모둠은 일상극이었다. 덮어놓고 물건을 사는 친구에게 "넌 정말 돈을 물 쓰듯 하는구나" 하고 나무라는 내용이었다. 캬, 이것이 6학년의 맛이지. 수업 내용을 설명하면 찰떡같이 알아듣고 결과물을 뚝딱뚝딱 만들어낸다. 협업도 분업도 금방금방 해내고 나에게 양해를 구하거나 제안을 할 때도 예의를 갖춘다. 대체로 6학년 교실은 사회적 매너의 세계다.

그러나, 불과 하루 만에 점프해온 이 1학년의 세계를 보라. 이제 갓 유치원을 졸업했는데 칠판을 향해 주르륵 앉아야 하는 여덟 살들은 모든 상황이 버겁다. 더구나 코로나 때문에 앞에는 가림막까지 있어 모둠활동, 몸 놀이가 어려운 상황이다. 나도 아이들이 안돼서 어르고 달래가며 노래도 부르고 그림책도 읽어주고 쉬는 시간도 넉넉하게 주며 기분을 맞춰가던 참이었다. 그러나 점심을 먹고 5교시가 되자 아이들은 못 참고 폭발했다. 오늘이 하필 처음으로 5교시를 하는 날인데 담임 선생님이 아닌 내가 수업을 하게 된 것이다.

"오늘 수업은 왜 이렇게 길지?"

"아, 집에 가고 싶어."

"돌봄교실 가고 싶다!"

불만이 꼬리를 물고 이어진다.

"오늘은 수업시간이 긴 날이에요. 밥 먹고 두 시간 더 수업하고 가는 날이란다. 힘들어도 참고 하자."

안 그래도 지겨운데 홀소리 익히기 활동지를 나누어주니 급기야 소리지르며 화를 낸다.

"아, 이게 뭐야! 유치원 때 다 한 거 아니야."

"나 이거 하기 싫어!"

"그냥 집에 갈래요!"

아이들의 대거리에 나도 버럭 화가 난다.

"그렇게 말하는 거 보니까 유치원에서 제대로 배우지 못한 것 같은데! 학교에서는 그렇게 반말하면서 짜증부리는 거 아니야."

이런 상황은 3학년 교실에서도 몇 번 겪었던 것 같다. "에어

컨은 장식용이에요? 왜 안 틀어요!" 하고 화를 내는 아이에게 그럴 때는 "선생님, 더워서 에어컨 틀었으면 좋겠어요"라고 말하면 된다고 가르쳤던 적도 있다. "작년 선생님은 수학 많이 안 했는데 이 선생님은 왜 이렇게 많이 하는 거야!" 하고 밑도 끝도 없이 짜증내던 아이에게 "수학 공부 많이 하니까 좀 힘들어요. 잠깐 쉬었다 하면 안 될까요?"처럼 부드럽게 말하라고 가르쳤던 적도 있다.

그랬다. 4학년, 5학년, 6학년 아이들은 1학년, 2학년, 3학년을 그냥 거쳐온 것이 아니었다. 그들은 생각나는 대로 말하고 짜증부리면서 자기 욕구를 이야기할 때마다 가르침을 받아왔던 것이다. 여러 사람 앞에서 존댓말 쓰기, 내 욕구를 솔직하게 말하되 담백하게 전하기, 다른 사람에게 화내면서 말하지 않기 등 교과서에 나오지 않는 수많은 매너들을 배워왔기에 6학년에 이르러서는 선생님을 감동시키는 초등교양인으로 성장한 것이다.

초등교사들은 자신이 저학년에 맞다거나 고학년에 맞다는 식의 얘기를 흔히 한다. 실제로 교직생활 내내 5학년 이상만 하는 교사도 있고 1학년만 맡는 교사도 있다. 나는 저중고를 오르락내리락하며 담임을 해봐야 한다고 생각한다. 초등교육과정에 대한 이해도도 높아지지만 무엇보다 그 학년에서 아이들이 어떤 것을 꼭 배우고 넘어가야 하는지 알게 되기 때문이다. 분수 계산 배우기 전에 약수와 배수부터 알아야 하는 것처럼.

그중 으뜸은 매너다. 타인에게 뭔가를 주장하거나 요구할 때 내 불편함과 고통을 어떤 식으로 표현하고 어떤 식으로 협의를 해나가는지 배워야 한다. 그것은 너무 억압된 교실에서도, 권위가 실종된 교실에서도 배울 수 없다. 의견을 매너 있게 말하면 받아들여지는 교실, 즉 민주적인 교실에서 배울 수 있다. 내가 만난 6학년들은 그것을 잘 배워온 아이들이 많았다. 서로 다른 학년을 맡은 선생님들도 실은 긴밀히 협조하고 있는 동료들인 것이다.

이것이 학교에만 해당되는 일인가. 사회도 마찬가지다. 매너 있게 말했을 때 의견이 받아들여지고 토론이 가능한 사회가 제대로 된 사회다. 학교에서 기껏 배운 매너인데 세상에 나가 무용하게 된다면 얼마나 비통한 일인가. 매너가 사람을 만든다. 학교에서만 매너를 가르치는 게 아니고 매너를 배워야 하는 사람도 아이들만은 아니다.

## 수학이라는 걸림돌

학교 다니는 내내 수학은 내 인생의 걸림돌이었다. 선생님이 칠판 가득 써놓은 문제풀이는 아무리 봐도 이해가 안 됐다. 앞에 나와 문제를 풀어보라고 지명이라도 받게 되면 얼굴이 흙빛이 되었다. 조금 전까지는 분명 잘 아는 공식이었는데 이상하게 칠판 앞에 서면 머릿속이 하얘졌다. 어찌어찌 눈치를 봐가며 겨우 풀 때도 있었고 결국 못 풀어서 선생님한테 꿀밤을 맞을 때도 있었다. 어떤 경우든 자존심이 상했다. 못하는 단원은 일찌감치 포기해버리고 개중에 좀 해볼 만한 단원에 집중했다. 그마저도 문제집의 해설을 거의 외우다시피 하며 공부했다. 그렇게 수학의 지뢰밭을 헤쳐나온 지 한참이 지난 지금도 가끔 수학시험 보는 꿈을 꾼다. 시간은 모자라고 풀어야 하는 문제는 산더미인데 도무지 방법을 모르겠어서 식은땀을 흘리다 벌떡 잠에서 깬다. 아마 수학 트라우마가 있는 어른이 나뿐만은 아닐 것이다.

나는 수학을 가르쳐야 하는 직업을 가진 바람에 수학 트라우마에서 벗어나기가 더 힘들었다. 초등학교도 4학년부터는 제법 어려운 문제가 나온다. 교육과정이 개편되기 전 수학익힘 심화문제에는 난도가 꽤 높은 것들도 있었다. 미리 수업 준비를 하지 않고 문제풀이를 하다가 막혀서 당황한 적도 있고, 엉뚱한 풀이로 얼버무린 적도 있다. 나의 실수를 능숙하게 인정하는 법을 몰랐던 시절에는 다시 학생으로 돌아간 것처럼 얼굴색이 변했다.

수학에 재미를 붙이기 시작한 건 가르치는 자리에 선 지 십 년쯤부터다. 수학의 원리나 수학자의 삶에 관한 책을 읽으면서 수학적 질서가 주는 쾌감을 알게 되었다. 1학년부터 6학년까지 고루 가르치며 교육과정의 계통성을 파악하니 가르치기도 훨씬 수월해졌다. 재미삼아 중고등학교 수학문제를 풀어보기도 했다. 졸업한 지 십수 년이 지나서야 수학의 공포에서 해방된 것이다.

교실에서 수학을 가르칠 때, 이보다 쉽게 설명할 수 없을 거라는 자부심이 들 정도로 공들여서 문제풀이를 했다. 한 명 한 명 잘 따라오고 있는지 묻고, 지난 시간에 열심히 외웠던 공식을 복창하고, 기초로 돌아가 다시 천천히 가르치기를 반복했다. 옛 시절 나처럼 수학시간에 괴로워하는 아이가 없길 바라면서.

그럼에도 불구하고 수학의 끈적한 늪에 빠져버린 어린이들은 어김없이 있었다. 오늘 뺄셈을 배우는데 어제 배운 덧셈을 잊어버리거나 통분을 해야 하는데 배수와 약수가 뭔지 기억을 못 하거나 받아내림을 알려주고 나면 받아올림을 잊어버렸다. 자꾸자꾸 앞 단원으로 돌아가다보면 나도 모르게 속이 부글부글했다. '이렇게 쉽게, 이렇게 많이, 이렇게 반복해서 가르쳐주는데 왜 모르지?' 아이들이 맨날 모른다고 하는 것이 어쩌면 선생님에 대한 반항은 아닌가 하는 어리석은 마음까지 생겼다.

선생님 설명이 끝나고 스스로 문제를 풀어보는 시간. 방금 다섯 번이나 천천히 알려줬는데 소희가 문제에 손도 안 대고 있었다. 입에 연필을 물고 한쪽 팔로 머리를 괸 채 무기력한 표정이다. 부글거리는 마음을 꾹 누르고 소희에게 말했다.

"이 정도도 모르면 안 돼. 자, 얼른 풀어보자."

시간이 흘러 학기말이 되었다. 학기가 끝날 때 아이들은 교과평가와 행동평가가 기록된 생활통지표를 받는다. 그해에는 나도 아이들에게 선생님 평가서를 받기로 했다. 나름 용감하게 시도해본 것이었다. 평가서에는 한 학기 동안 선생님의 말과 행동으로 섭섭하거나 속상했던 일을 묻는 항목이 있었다. 소희의 평가서를 보는데 〈선생님이 수학시간에 "이 정도도 모르면 안 돼"라고 말해서 섭섭했다.〉라고 쓰여 있었다. 나는 까맣게 잊어버린 말이 소희의 마음에는 오래 남아 있었던 것이다. 아무리 억눌렀다고 해도 답답했던 심정은 아이에게 그대로 전해졌을 것이다. 나는 소희를 따로 불러서 사과했다.

"그때는 선생님이 마음이 급해서 그랬어. 그런 말 들었으면 선생님도 속상했을 거야. 미안해."

"섭섭한 걸 쓰라는 문제가 있어서 꼭 답을 써야 하는 줄 알고 쓴 거예요. 그렇게 섭섭하진 않았어요."

속 넓은 소희는 오히려 나한테 미안해했다.

"이 정도도 모르면 안 돼." 이 말은 나에게 해야 하는 말이다. 어쩌면 그토록 어린이에 대해, 가르치는 자리에 대해 무지했을까? 나는 모르는 것을 가르쳐주는 사람, 몰랐던 것을 알아가는 기쁨을 줘야 하는 사람인데 많은 순간 그렇게 하지 못했다. 수학시간에 특히 그랬다. '쉽게, 찬찬히, 반복해서'는 내 기준이었고 아이 입장에서는 더 많은 연습과 다른 방법의 가르침이 필요했을 수도 있다. 자꾸 들여다봐도 모르겠는 어려운 문제인데 선생님이 전체를 상대로 하는 설명이 머리에 들어올 리 없다. 한 발짝 떨어져서 생각하면 이렇게 당연한 사실이, 사십 분 안에 어떻게든 한 차시를 마무리 짓고 앞으로 전진해야 하는 수학시간에는 떠오르지 않았다.

문제를 파악하고 계획을 세우고 여러 방법으로 시도해본 뒤 마침내 답을 찾아냈을 때, "아하!" 하는 작은 감탄사가 여기저기서 터져나온다. 수학은 이토록 이해의 즐거움을 주는 과목인데, 선생님의 조바심으로 아이들에겐 그저 두렵고 막막한 과목이 되는 것 같다. 아이들에게 배움의 기쁨을 어떻게 알려주어야 할까. 아직 수학 트라우마에서 완전히 벗어나진 못했나보다.

## 어쩐지 과학자가 된 기분

과학수업은 준비를 열심히 해야 한다. 수시로 이론이 바뀌고, 증명됐던 사실이 폐기되는 경우도 있기 때문이다. 지구과학이나 천문학을 가르칠 때는 우주에 관한 책을 여러 권 빌려 읽었고 생물을 가르칠 때는 진화의 역사에 관한 책도 읽었다. 과학에 우리의 미래가 달려 있다는 생각……까지는 해본 적 없지만, 나에게 과학은 나의 과거나 미래에 대한 증명처럼 여겨질 때가 많다. 굳이 대단한 이유나 사명이 있어서 세상에 온 것은 아니지만 유구하게 이어지는 생명의 역사 속에 충분히 존재할 가치가 있다는 담백한 증명 같은 것. 그래서 과학은 다른 과목보다 더 재미있다. 단원 첫머리에 내가 다른 책에서 읽었던 신기한 이야기들을 해줄 때는 동굴 안에서 모닥불을 피우며 삶의 비밀을 들려주는 노인이 된 것 같은 기분이 들기도 했다.

과학시간은 주로 실험을 하기 때문에 준비할 도구들이 많아 전담교사가 과학실에 상주하면서 수업할 때가 많다. 나는 긴 교직생활 동안 과학 전담교사를 두 번 해보았다. 첫번째 과학 전담은 과학실을 거의 붕괴할 뻔한 사고뭉치 6학년들과 했다. 아이들은 서로 얼굴을 마주보며 앉는 과학시간을 즐거운 휴게 시간으로 여기는 것 같았다. 신나게 잡담을 하는데 선생님이 제지하니 험한 말로 대꾸하던 어린이들의 얼굴이 지금도 생생하게 떠오른다. 그들은 심심찮게 싸움도 벌였는데 깨질 것이 많은 과학실에서 육탄전이 벌어지면 온몸으로 그들을 막아서야 했고, 그러다가 내가 맞을 뻔한 적도 많았다.

그때의 트라우마로 한동안 전담교사는 꿈도 안 꾸다가 조그만 학교에서 다시 과학 전담교사를 신청했다. 학교가 작아 3학년부터 6학년까지 모두 가르쳐야 해서 정신이 없었다. 학년별로 다른 주제의 실험을 해야 했고, 실험별로 네 세트 이상의 도구가 마련되어야 했다. 짧게 간격을 두고 수업이 있으니 좁은 과학실은 붐비는 골목시장 꼴이 되기 일쑤였다. 이전에 실험한 도구들을 정리하고 새로운 도구들을 알맞게 배치하기 위해 전날부터 과학 지도서를 들여다보며 레이블링된 교구장을 분주하게 왔다갔다했다.

과학수업을 할 때 웬만한 어린이들이 다 좋아하는 이벤트가 있다. 바로 과학실에 비치된 하얀 어린이용 가운을 입는 것이다. 이 가운을 하나씩 나눠주면 모두가 정성스럽게 받아 입고 사뭇 근엄한 표정으로 자리에 앉아 있다. 시큰둥한 6학년들도 가운을 입으면 전문직 어른으로 타임슬립을 한 듯 진지한 표정을 지었다. 그때만큼은 과학 교과서나 문제집 표지에 흰 가운을 입고 실험을 하는 초등학생 모델이라도 된 기분이 드는 걸까? 얼마 못 가 가운 앞주머니에 샤프를 끼우고 의사놀이를 하느라 소란스러워지지만 말이다.

종일 실험수업을 하며 발을 동동거렸던 하루가 생각난다. 창밖에 가을비가 주룩주룩 내리는 날이었다. 비 오는 날은 아이들이 유난히 소란스럽다는 걸 초등학교 교사들은 안다. 운동장에 나가 에너지를 발산하지 못하고 답답한 실내에만 있어야 하는데다 기압이 낮아 소리가 더 크게 들려서일 것이다. 하필이면 하루 종일 실험수업이 있는 날이었다. 전날도 수업이 빡빡해서 사전실험을 제대로 못 했지만 워낙 많이 해봤던 실험이라 크게 걱정하지는 않았다.

첫번째 수업은 산과 염기의 성질을 이용한 비밀편지 쓰기 수업. 아이들이 가장 기대했던 수업인데, 실패하고 말았다. 내가 준비한 염기성 용액의 농도가 너무 낮았다. 아이들에게 미안하고 아쉬워서 대신 용액 색깔 바꾸기 실험을 하자고 제안했다. 수산화나트륨 용액에 페놀프탈레인을 떨어뜨리는 순간은 언제나 드라마틱하니까. 맑고 투명한 액체가 스포이트에서 떨어진 지시약 한 방울로 인해 진한 분홍이 되어 시험관을 채우자 다행히 모두가 탄성을 지르며 좋아했다.

두번째 수업은 필름지에 그림을 그려 그림자 만들기. 날이 어두워서 더 성공적이었다. 원래 자기 책상에서 하는 건데 너도 나도 앞에 있는 칠판에 빛 그림을 쐈다. 어두운 교실에서 화이트보드 칠판에 일렁대는 빛 그림들은 몽환적이고 신비한 분위기를 자아냈다. 마지막으로 6학년 전지연결 실험까지 하고 나자 준비한 모든 수업이 끝났다. 전지와 스위치와 꼬마전구와 전선이 합심해야만 성공할 수 있는 실험이다. 이름도 귀엽기 짝이 없는 꼬마전구들은 직렬, 병렬 연결에 따라 밝기 차이를 분명하게 보여주며 수업을 성공으로 이끌었다.

아이들과 과학수업을 하면 과학과 마술과 종교가 다 연결되어 있다는 생각이 든다. 불완전한 인간의 간절한 소망이 바탕에 넘실댄다. 세계의 비밀을 알고 싶고, 더 나은 세상을 보고 싶고, 신기한 것을 보고 경탄하면서도 그 이면에 있는 진실을 알고 싶어 안달나는 것이다.

사실 그해 과학 전담교사를 신청한 이유는 따로 있었다. 담임 업무, 정확히 말하면 생활지도와 학부모 상담 업무에서 잠시 멀어질 수 있어서였다. 생활지도에서 특히 큰 부분을 차지하던 것은 급식지도였다. 과학실의 아이들은 수업이 끝나면 교실로 가니까 혼자 점심을 먹을 수 있었다. 아이들이 급식실로 달려가는 소리를 들으며, 과학실의 온갖 약품과 인체모형 사이에서 나는 어쩐지 과학자가 된 듯한 기분으로 도시락을 맛있게 먹곤 했다.

# 그날 아침 우리가 읽었던 『모모』

책을 좋아하는 사람들은 점점 줄어들고 있고 책을 좋아하는 아이들은 그보다 더 무서운 속도로 줄어들고 있다. 책이 재밌어서 스스로 골라 읽는 아이들, 스스로 서점에 가서 자기 취향의 책을 고르는 아이들이 과연 몇이나 될까. 요즘 아이들의 책은 거의 부모가 골라준다. 책을 출간하고 리뷰를 검색해보면 아이들이 쓴 것은 거의 없다. 대부분 어른들이 쓴 것이다. 동화작가인 나는 누가 읽으라고 책을 쓰고 있는 것일까. 동화를 쓰다보면 정체성의 혼란이 온다. 내 책은 부모들과 출판사 사람들과 동료작가들과 나의 지인들만 읽고 있는 것 같다.

내가 어린이 독자들을 만날 때는 학교에서 진행하는 '작가와의 만남'을 하러 갈 때다. 선생님이 골라준 내 책을 읽고 수업을 한 아이들이 거기에 있다. 나는 연예인도 아니면서 내 어릴 때 이야기도 해주고 아이들이 내미는 종이에 사인도 하고 같이 사진도 찍는다.

아이들에게 책을 읽어주기 시작한 것은 경력이 오 년쯤 쌓였을 때부터였다. 수업 시작 전 짧게 읽어주다보니 처음에는 주로 단편집을 읽어주었다. 한국 아동문학이 다시 붐을 일으킬 때라 읽어줄 책이 많았다. 김영주, 유은실, 김남중, 이현, 김옥, 안미란, 남찬숙, 황선미, 장주식, 배유안, 이영서 작가가 쓴 주옥같은 책들을 아침마다 읽어주었다. 아이들은 수학문제를 풀거나 글을 쓰지 않고 선생님이 읽어주는 책을 편안하게 듣기만 하면 되었기에 이 시간을 좋아했다.

점점 아이들에게 듣는 힘이 길러졌다고 느꼈을 때 새로운 시도를 해보았다. 일명 벽돌책, 아이들 혼자서는 도저히 읽을 것 같지 않은 책을 읽어주기로 도전한 것이다. 그 책은 미하엘 엔데의 『모모』였다. 분명 어릴 때 읽었는데 '모모'라는 주인공 이름 빼고는 거의 기억나지 않는 책. 고전으로 잊혔다가 2000년대 초반 어느 드라마 때문에 다시 유명해져 베스트셀러가 된 책. 무엇보다 368쪽에 달하는 두꺼운 책. 성질이 급한 나는 두

꺼운 책을 잘 못 읽는다. 더구나 성인이 된 후에는 일정 두께를 넘어서면 소설책도 손대기가 어려웠다. 『모모』를 읽어주는 것은 아이들에게도 도전이지만 나 자신에게도 도전이었다.

처음 시작할 때 이런 어려움에 대해서 이야기하며 그래도 한번 읽어가보자고 아이들과 다짐을 했다. 일 년 내내 읽더라도 조금씩 나아가다보면 언젠가 끝이 날 거고, 초반 100쪽 정도를 읽고 나면 그뒤부터는 저절로 힘이 붙게 될 거라고 얘기했다. 그렇게 『모모』를 읽기 시작했다. 예상했던 대로 초반에는 지루하고 어려웠다. 독서력도 어휘력도 좋은 편이 아니었던 아이들은 낯선 번역체의 독일 소설을 멍한 표정으로 듣고만 있었다. 읽는 나도 쉽지 않았다. 한 문장씩 읽을 때마다 설명해야 할 것도 많았다.

마법은 『모모』를 읽기 시작한 지 일주일이 넘어서 일어났다. 햇살이 맑은 아침이었다. 도로 청소부 베포가 청소를 하면서 알게 된 삶의 진실을 말하는 장면을 읽을 때였다. 청소를 시작할 때는 아득하게 커 보이던 길이지만 발밑만 청소하다보면 어느새 다 하게 된다는 내용이었다. 책을 읽다가 어느새 교실이 조용해진 것을 느꼈다. 멍을 때리거나 딴생각을 하느라 조용해진 것과는 전혀 달랐다. 밀도 있는 집중의 침묵이었다. 엎드리거나 딴짓하는 아이들이 거의 없이 모두가 숨을 죽이고 내가 읽는 책의 구절구절을 듣고 있었다. 그때 교실을 감싸고 있던 것은 분명한 감동의 힘이었다. 열세 살 아이들이 두꺼운 책 속 청소부가 발견한 소박한 지혜에 감응한 것이다. 그 순간은 잊지 못할 기억으로 내 안에 자리잡았다.

그날 이후 『모모』를 읽는 시간은 그전과 분명히 달라졌다. 이제는 모두가 이 이야기를 알고 다음 이야기를 궁금해하는 독자가 되었다. 게다가 다른 반은 전혀 모르는, 우리 반만 아는 이야기. 우리 반에는 책에 나오는 인물의 이름을 딴 별명으로 불리는 아이들이 생겼고 우리 반 카페 이름에도 '모모'가 어엿하게 들어갔다. 이제 서른이 다 되어가는 아이들은 지금도 만나면 『모모』 이야기를 한다. 그때 내가 읽어준 책이 인생에서 유일하게 읽은 책이라는 아이도 있었다.

아이들과 책을 읽고 이야기하는 수업을 많이 하고 싶었다. 하지만 학기별로 두 번씩 있는 시험, 해결해야 할 문제가 넘쳐나는 교과서, 다른 반과 비슷하게 맞춰야 하는 교과진도 등 책 읽기 수업을 방해하는 것들이 참 많았다. 그래도 자투리 시간을 쪼개어 책을 읽어주는 노력을 멈추지 않았는데, 드디어 수업시간 안으로 책 읽기가 들어오게 되었다. 국어 교육과정에 '한 학기 한 권 읽기'가 생긴 것이다. 나와 같은 생각을 가진 전

국의 많은 선생님들이 스스로 교육과정을 만들고 수업을 꾸려가며 이루어낸 결실이었다.

그 이후에는 일주일에 두 시간씩은 본격적으로 책 수업을 했다. 더 많은 책을 아이들과 함께 읽었다. 그래도 가장 기억에 남는 것은 아이들과 아침마다 읽었던 『모모』다. 『모모』를 생각하며 나는 이야기의 힘이 얼마나 큰지 느낀다. 너도나도 아닌 낯선 존재의 이야기에 뛰어들어 즐거워하고 안타까워하고 슬퍼했던 기억. 그 기억은 끈질기게 남아서 우리가 또다른 이야기를 하게 만든다.

## 어른의 세계로 달려가고 싶다

"쌤, 저기 저 오빠 보이죠?"

점심 먹고 나오는 길, 급식실 밖에서 기다리다가 냉큼 달라붙은 3학년 여자아이들이 내게 얘기한다. 아이들이 가리키는 쪽을 보니 축구 유니폼을 입고 달려가는 남학생의 뒷모습이 설핏 보인다.

"응, 저기 키 큰 애?"

"저 오빠가 민수네 형이래요. 잘생겼죠?"

민수는 우리 반 인기스타다. 허여멀겋게 잘생겼는데 공부도 잘하고 운동도 잘하며 무엇보다 정의감과 준법정신이 강하다. 한마디로 다 갖춘 열 살 소년이다. 그 민수에게 5학년 형이 있는데 그 형의 이야기를 나는 꽤 자주 듣고 있었다. 벌써 사춘기 물이 살짝 든 우리 반 여자아이들이 민수네 형이 멋있다는 얘기를 자주 해준 것이다. 아이들의 말 속에는 형까지 잘생긴 민수를 향한 설렘이 묻어나곤 했다. 하지만 아이들이 "저기 민수 형 간다!"라고 외칠 때마다 신속하게 고개를 돌리지 못해서인지, 그 잘생겼다는 민수 형의 얼굴을 나는 아직 본 적이 없었다.

아이들은 열 살까지는 유아기의 습성이 어느 정도 남아 있다. 선생님 손을 잡거나 안거나 뒤에서 갑자기 나타나 깜짝 놀래주는 것을 좋아한다. 그저 선생님이라는 이유만으로 나라는 인간에 대한 아무 정보 없이도 맹목적인 애정을 표현하며 붙잡고 매달리기도 한다. 그래서일까. 무뚝뚝한 나는 경쟁하듯 애정을 표현하는 저학년 아이들이 어색할 때가 있다. 어린아이들이라도 불시에 거리를 훅 좁혀오면 어떻게 해야 할지 몰라 쩔쩔맨다. 혹시 건조하고 솔직한 담임에게 상처받을까봐 늘 말조심, 행동 조심을 해야 한다.

복도를 걸을 때면 양팔에 조롱조롱 매달린 아이들이 쉴 새 없이 이야기를 한다.

"우리 아빠 이름 뭐게요?"

이런 퀴즈는 쉽다. 아무렇게나 대답하면 되기 때문이다.

"김봉수씨?"

아이들은 뭐가 좋은지 까르르 웃음을 쏟아낸다.

"선생님, 혈액형이 뭐예요?"

"A형인데."

"와, 나도 A형인데!"

그럼 그 옆 아이도 A형이라고 소리친다. 아이들은 도무지 있을 수 없는 일이 일어났다는 듯이 손뼉을 치며 기뻐한다. 혈액형은 몇 종류 안 되는데다가 그중에서도 A형은 가장 흔하다고 말하고 싶지만 참는다. 아이들의 "나도 그런데"는 상대방과의 공통점을 찾아내서 우정과 사랑을 시작하려는 인간관계의 첫 걸음이지 않나. 그 은밀하고 사소한 기쁨을 뺏을 수는 없다.

같은 나이, 같은 성, 같은 혈액형에서 시작한 공통점 찾기는 좋아하는 색깔, 좋아하는 연예인, 좋아하는 음악, 어릴 때의 추억, 가치관까지 확장되어간다. "너 그거 알아?" "응, 뭔지 알아"의 기쁨을 찾아내기 시작한 것이다. 3학년 아이들의 대화가 특히 이런 식으로 많이 흘러간다. 1, 2학년 아이들은 같이 노는 것 같아도 자세히 보면 혼자 놀고 있고 아직 자기 자신 안에 머물러 있을 때가 많은데, 3학년부터는 서로에 대한 맹렬한 탐색전이 시작된다. 그 탐색 대상에 나도 끼워줘서 고마울 따름이다.

아이들의 질문은 계속 이어진다. 생일은 몇월이냐, 누구 선생님 아냐, 무슨 색깔 좋아하냐, 어떤 음식 좋아하냐. 나는 영혼이 반쯤은 가출한 상태로 적당한 리액션을 취하며 이야기를 들어준다. 오전에 수업을 실컷 했고 혼란 속에 점심을 먹었으니 이제 좀 나 자신으로 돌아가 쉬고 싶지만 아이들이 놔주지 않는다. 멀어지는 민수 형의 뒷모습을 어렴풋이 본 그날도 그런 날이었던 것 같다.

"어? 저기 민수 형 지나간다. 선생님, 저 오빠가 민수 형이에요."

그러나 민수 형은 상상 속 동물처럼 또 뒷모습만 보이고 사라져버렸다. 나는 아이들의 기분을 맞춰주고 싶어서 성의껏 대답했다.

"그래? 잘생겼나 보려고 했더니 그새 지나가버렸네?"

그러자 그중 민수 형이 잘생겼다고 특히 강조했던 아이가 나를 보며 말했다.

"왜요? 잘생겼으면 다시 결혼하게요?"

하, 정말 말을 잇지 못할 대사였다. '결혼하게요?'도 충격이지만 '다시 결혼하게요?'라니. 웬만한 말에는 동요하지 않고 대답하지만 저 말에는 아무 대꾸도 하지 못했다. 예순이 다 된 여자 선생님 반에 컴퓨터 고쳐주러 갔다가 선생님 남자친구냐고 천연스럽게 물어오는 아이 앞에서 그냥 웃고 말았다는 총각 시절 남편의 말이 생각났다. 아마 나이에 관해 가장 편견 없는 사람은 초등학교 저학년들일 것이다. 그들에게 여든 살, 스무 살의 나이 구분은 아무 의미도 없다. 다 어른, 다 나이든 사람이다. 그들에게 절대로 선을 넘지 말아야 하는 나이는 다섯 살부터 열 살 사이일 뿐이다. 나머지 나이들은 어떤 관계로 엮여도 상관이 없다.

어서 이 부조리한 대화를 끝내고 내 자리로 돌아가고 싶어 나는 발걸음을 재촉했다. 뭔가 여러모로 진 느낌이다. 이야기하다 할말 없으면 진 거 아닌가. 역시 매 순간 어린이들에게 지고 있다. 어서 어른의 세계로 달려가고 싶다고 생각하며 연구실에 가자마자 쓴 커피를 마셨다. 내가 어른이라는 증거가 겨우 그 쓴 커피 한 잔에 담겨 있었다.

도착하려면
멀었어요?
민우
게임해요!
우와
저기 좀 봐요!
쌤!!

2부

# 하루도 조용할 날 없는 어린이 민원 상담실

울렁거려요
선생님!
과자 먹어도 돼요?
네?!

## 친구가 혼나면 기분이 좋거든요

혜주는 눈에 거슬리는 건 무조건 이른다. 어느 교실에나 이런 어린이가 두세 명씩은 분포한다. 언뜻 보면 이들은 선생님의 충직한 오른팔 노릇을 하면서 교실 질서에 기여하는 것처럼 보인다. 하지만 속내를 살펴보면 친구가 혼나는 것에 통쾌함을 느끼거나 사적인 복수심에 불타고 있을 때가 많다. 이들이 특히 맹렬하게 이르는 분야는 '자기도 하고 싶은데 금지된 것'이다. 교실 사회에 혼란을 일으킬 만한 일이 아니어도 자기 눈에 거슬리면 규칙의 엄정함과 공정성을 요구하며 큰 소리로 선생님에게 이른다.

"선생님! 찬수 핸드폰 켰어요! 교실에서는 핸드폰 켜면 안 되는 거 아닌가요?"

알고 보면 찬수가 실수로 안 끄고 있다가 알람음이 울려서 급히 끈 것이다.

"선생님! 주리 군것질해요. 학교에서는 군것질하면 안 되잖아요."

오후 일정이 빡빡한 주리를 위해 학교수업 끝나고 먹으라며 집에서 싸준 간식인데, 가방에서 다른 물건을 꺼내던 중 혜주 눈에 보였던 것이다. 혜주가 이르는 대부분의 일은 내가 이미 봐서 알고 있는 것들이다. 가끔 미처 몰랐던 사실도 있지만, 웬만하면 아이들도 암묵적으로 용인하고 있는 그런 시시한 것들 말이다.

혜주가 제기하는 민원에 일일이 응대하다가는 하루도 모자랄 지경이다. 살짝 스친 것도 "때렸어요!"가 되고 같이 장난친 것도 "놀렸어요!"가 되니, 고발당한 상대는 억울하지만 사실은 사실이기 때문에 씩씩거리기만 할 뿐 별다른 변론을 하지 못한다. 변론을 하지 못하는 또다른 이유는 혜주 같은 아이들이 워낙 말을 잘하기 때문이다. 정의감과 공정성을 무기로 삼고 논리로 눌러대는 데는 당할 재간이 없다.

처음에는 조심스럽게 타일러본다. 그렇게 덮어놓고 이르다가는 친구들 사이에 인심을 잃게 되니 조금 너그러운 마음을 가져보라고 점잖게 얘기한다. 물론 이 타이름 속에는 '나도 좀 살자'는 하소연이 들어 있다. 교실에서 내가 맡은 일 중 가장 골치 아픈 일이 이런 민원 해결이기 때문이다. 민원을 무시할 수는 없으니 해결해주다보면 당한 아이들도 복수심으로 다른 아이를 물귀신처럼 잡게 되고, 기회가 되면 또 다른 애를 이르고……. 이르고 이르는 복수의 불고리가 형성되어 교실은 고자질 지옥에 빠지기 때문에 그냥 놔둘 수는 없다.

"너도 실수할 때가 있잖니. 같이 장난치다가 그런 건 좀 넘어가면 안 되겠니?"

참다못해 혜주에게 목소리를 높인다. 아이들에게 화를 낸 날은 종일 기분이 좋지 않다. 생각이 많아져서 잠도 설친다. 나는 왜 어른이 아닌가. 왜 어린이의 마음 하나 헤아리지 못하고 결국 언성을 높이고 마는가. 무엇이든 일러대는 그 아이의 마음속 깊은 허기짐을 들여다봐야 하는 거 아닌가. 하지만 잠자기 전에 했던 이런 거룩한 생각은 다음날 학교에서 혜주의 목소리를 듣는 즉시 사라진다. 또 한소리 해버리고는 후회를 한다.

경중이 다르긴 하지만 민원 단골 어린이는 해마다 있다. 이들이 가장 중요하게 생각하는 것은 규칙의 집행이다. 상황별로 미묘한 차이가 있음을 인정하지 못하고 선생님이 말한 규칙이 곧이곧대로 집행되는지 안 되는지 도끼눈을 뜨고 지켜본다. 어찌 보면 규칙이라는 것 자체에 냉소를 품은 것도 같다. 나도 보호하고 친구도 보호하는 공평한 법이 아니라 나를 성가시게 하고 내가 하고 싶은 것을 못하게 하는 악당으로 여기는 것이다. 가만 살펴보면 몇몇 아이들만 이런 생각을 하는 것은 아니라는 걸 알 수 있다.

예를 들자면 이렇다. 학교 등교시간은 아홉시다. 수업이 아홉시 십분에 시작되니 아홉시까지는 와야 하는데 슬금슬금 지각하는 아이들이 많아졌다. 안 되겠다 싶어 새로운 규칙을 만들었다. 교문을 아홉시에 통과하면 교실까지 삼 분이 걸리는 것으로 보고, 아홉시 삼분부터는 지각이라 선언했다. 그 이후부터는 지각한 만큼 늦게 하교하라고 했다. 오 분 늦게 오면 오 분 늦게 가는 것이다. 벌이랄 것도 아닌데 아이들에게는 꽤나 신경쓰이는 벌칙이었던 모양이다. 모두들 인사하고 빠져나간 교실에 덩그러니 남아 있는 삼 분, 오 분이 무척 지루하기도 하겠지.

규칙을 정한 후 나는 재밌는 사실을 알게 되었다. 늘 지각을 하던 친구가 아홉시에 맞춰 오면 아이들이 살짝 섭섭해하는 것이다. 그러다 아홉시 사분쯤에 오기라도 하면 모두들 엄정한 태도로 그 아이에게 지각을 선고한다. 지각이 아니라며 목청껏

우겨도 소용없다. 오히려 나는 좀 봐주려고 하는데 아이들이 더 칼같다. 언젠가 자신도 그 친구의 입장이 될 수 있다는 생각은 요만큼도 안 하나보다. 훗날 그 규칙 때문에 덩그러니 교실에 남아 있게 되더라도, 오늘 내가 일찍 온 이상 규칙을 위반한 사람은 혼쭐이 나야 한다. 그것은 지키기 싫은 성가신 규칙을 지킨 나 자신에게 주는 떳떳한 보상이기도 하다.

그래서일까. 어린이들은 자기가 칭찬받는 것만큼, 어쩌면 자기가 칭찬받는 것보다 더, 친구가 혼나는 것을 좋아한다. 내가 깜박 잊어먹고 지각한 아이를 똑같이 하교시키려고 하면 모두들 앞다투어 소리지른다.

"선생님, 세준이 지각해서 사 분 늦게 가야 하잖아요!"

하루는 혜주가 수업시간에 큰 소리로 정적을 깼다. "선생님, 한빈이 의자 위에 올라가 있어요!" 나도 한빈이가 의자 위에 쭈그려앉아 있는 것을 봤지만 그냥 내버려두었다. 한빈이가 영원히 의자 위에 쭈그리고 있을 녀석도 아니었고 설령 영원히 쭈그리고 있다고 한들 나나 친구들에게 큰 피해는 아니었다. 물론 한빈이가 재밌어 보여 다른 아이들도 의자에 올라가 쭈그릴 위험은 있다. 이런 일은 초등학교 교실에서 자주 일어난다. 누군가 주목을 받으면 너도나도 따라 하기 때문에 이럴 땐 주목을 안 하는 것이 좋다.

하지만 혜주는 일일이 일러서 꼭 주목을 받게 하고 수업의 흐름을 깬다. “나도 보인단다. 안 일러도 돼”라고 대꾸하고 수업을 이어갔다. 그렇게 말하고 나니 툭하면 민원을 거절당하는 혜주에게 약간 미안한 마음이 생겼다. 헛기침을 한번 하고 “한빈이 내려와!”라고 고함을 쳤다. 내가 큰소리를 내자 교실 분위기가 밝아졌다. 마침 수업도 지루한데 친구가 고함지르기를 당하니 다들 기분이 좋아진 모양이었다. 아이들이 까르르 웃었다. 혜주도 활짝 웃었다. 그런 아이들을 보며 어이가 없어서 물었다.

“너희들은 친구가 혼나면 무척 기쁜 모양이구나?”

모두들 더 크게 웃으며 “네!”라고 대답했다.

“그럼 앞으로 이렇게 하자. 너희들 생일 때는 생일인 사람 한 명만 빼놓고 나머지를 모두 혼내줄게.”

어린이들은 환호성을 질러댔다. 생일인 사람을 칭찬해준다고 했을 때보다 반응이 훨씬 더 좋은 것 같았다.

## 어린이들의 채무관계

어린이들 사이에 돈 문제로 곤란한 일이 생겼다. 시원이가 찬수에게 삼천오백 원을 빌려놓고 갚지 않은 것이다. 시원이는 찬수 사물함에 돈을 넣어두었는데 찬수가 발견하지 못했다고 했다. 사건을 조사하던 중 찬수가 학교에 자주 돈을 가져오고 다른 아이들에게 나눠주기도 했다는 사실을 알게 되었다. 또 시원이는 다른 아이들에게 돈을 빌리고 갚지 않은 적이 여러 번 있었다. 근본적인 해결이 필요했다. 이 사건을 계기로 잊을 만하면 불거지는 교실 내 돈 문제에 대해 다 같이 회의를 하고 규칙을 세우기로 했다.

학교 앞에는 오직 우리 학생들만을 고객으로 삼는 코딱지만 한 문구점이 있는데, 이곳이 아이들 사이에 각종 채무문제를 야기하는 장소였다. 나도 출퇴근길에 이곳에서 북새통을 이루며 무언가를 사거나 먹고 있는 아이들을 늘 보았다.

예를 들면 이런 식이다. 누군가 여기서 간식을 사 먹고 있다. 몇 명이 따라붙어 사달라고 조른다. 사 먹던 아이는 아이들에게 사주기도 하고 안 사주기도 한다. 얻어먹은 아이 중 채무관계에 감각이 있는 아이는 며칠 후에 자기가 사주는 걸로 되갚기도 하지만, 대부분은 얻어먹기만 하고 안 사줄 때가 많다. 내가 몇 번 사주면 저 녀석도 한 번은 사줄 법도 한데 나한테 얻어만 먹고 사줄 생각을 안 한다. 사준다고 말도 안 했는데 끈덕지게 사달라고 조르거나 안 사준다고 삐지는 아이도 있다. 그 아이 입장에선 같이 있는데 나는 안 사주고 내 옆에 있는 애만 사줘서 속상하다. 또 뭔가를 사 먹고 싶을 때 옆에 있는 아이한테 돈을 꿔서 사 먹어놓고 며칠이 지나도록 갚지 않는 경우도 있다. 이런 문제들이 지속적으로 일어나고 있었다. 문구점에서 주로 무엇을 사느냐고 아이들한테 물어보니 슬러시, 아이스크림 같은 군것질거리, 각종 카드나 고무딱지 같은 장난감이라는 대답이 돌아왔다.

일단 근본적인 문제부터 짚기로 했다. 첫번째, 학교에 돈을 가져올 필요가 있는가. 이 문제는 매우 짧은 시간에 만장일치로 답이 나왔다. 가져올 필요가 있다. 이유는 배고프니까. 세시에 학교수업이 끝나면 대부분의 아이들이 집에 돌아가지 않는다. 방과후수업뿐 아니라 영어, 태권도, 수영, 피아노, 합기도 등 온갖 학원에 간다. 어린이들에게는 학원 차를 타기 전 십 분, 이십 분 동안 학교에서 쌓인 피로를 풀고 또다시 시작되는 고단한 오후 일정을 버티게 해줄 소비가 필요한 것이다. 이것은 인정할 수밖에 없다.

두번째, 돈을 가져와서 나만 사 먹고 친구는 안 사주면 되지 않는가. 솔직히 이 문제는 약간 논쟁이 벌어질 줄 알았다. 놀랍게도 이 안건 역시 만장일치로 결론이 나왔다. 나만 사 먹으면 안 된다로 말이다. 이유를 물으니 혼자만 사 먹으면 재미가 없다는 것이다. 뭘 사거나 먹을 때 친구와 함께여야 더 재미있고 더 맛있다고 했다. 여기에 대해서도 할말이 없었다. 같이 먹어야 좋고 사줘야 좋다는데 안 된다고 할 이유가 없었다.

세번째, 사준다면 얼마까지 사줄 수 있는가. 다시 말하면, 친구가 갚지 않아도 내가 시원하게 쏠 수 있는 금액은 어느 정도인가. 여기서부터 논쟁이 벌어지기 시작했다. 이백 원부터 이천 원까지 각종 금액이 제시되었고 그 근거도 다양했다. 가정환경보다 돈에 대한 배포나 친구를 생각하는 마음에 따라 제시하는 금액이 다른 것 같았다. 격론 끝에 정해진 금액은 오백 원. 그 정도까지는 시원하게 사주고 본전 생각은 안 해도 된다고 합의했다.

네번째, 그렇다면 오백 원이 넘는 금액을 어쩔 수 없이 친구에게 꾸게 되었을 때 언제까지 갚아야 할 것인가. 다음날부터 일주일 후까지 여러 의견이 나왔다. 역시 아이들의 성격, 받는 용돈에 따라 다양했다. 그다음날 바로 갚아야 한다는 의견은 "다음날 바로 돈이 생길 거면 꾸지도 않는다"는 반대에 부딪혔다. 일주일 후에 갚아도 된다는 의견에는 "그럼 꿔준 사람은 일주일 동안 돈 없이 살아야 하느냐"는 반론이 따라붙었다. 여기에 한 달 후나 일 년 후에 갚아도 된다는, 재미로 얹어보는 실없는 의견까지 더해져 한참을 옥신각신. 격론 끝에 정해진 기간은 삼일이었다.

어린이들의 채무관계에 대한 규칙들을 정하는 데 꼬박 두 시간이 걸렸다. 아이들은 '복도에서 뛰지 말자' 같은 규칙을 정할 때와는 전혀 다른 모습이었다. 모두들 눈을 빛내며 적극적으로 발언하고 내놓은 의견에 소리 높여 반대하고 자신의 억울했던 사례들을 이야기하며 회의에 참여했다. 친구 사연에 같이 탄식하고 분통을 터뜨렸으며 자신의 과거 경험을 재연하다가 울먹거리기도 했다. 어떤 아이가 실명을 거론하며 사연을 이야기하자 당사자가 자리에서 일어나 자기도 억울하다며 가슴을 치기도 했다. 이들의 갈등을 요약하자면 "내가 널 사준 게 몇 번인데, 넌 고작 한 번 가지고 그런 말을 하느냐"였다.

나는 이 회의 과정과 결과를 보며 감탄했다.

- 안 사준다고 하는 사람한테는 사달라고 하지 말자.
- 친구에게 뭘 사줄 때는 내가 안 돌려받아도 그만인 정도만 사주자. 예를 들면 500원.
- 친구에게 돈을 빌리면 3일 안에는 갚자.
- 혼자 먹고 혼자 쓰면 재미없으니 친구랑 같이 먹고 친구랑 같이 쓰자.

이것이 열 살 어린이들이 격론을 벌이며 내린 돈 관계의 원칙이다. 어른들이 그대로 갖다 써도 손색이 없을 완벽한 규칙이다. 나는 누구랑 같이 먹어야 심심하지 않고 행복할까? 어느 정도를 써야 본전 생각이 나지 않을까? 사주고 얻어먹는 메커니즘은 어떻게 순환되어야 서로 섭섭하지 않을까? 나 역시 은근히 자주 고민하는 문제들 아니던가.

이 회의 뒤에 돈 문제에 관한 민원은 더이상 들어오지 않았다. 사소해 보이지만 중요한 문제들을 공론장에 올려놓고 이야기할 때 나 몰라라 하며 딴짓을 하는 아이는 거의 없다. 다 자기 문제이기 때문이다. 학교에서 이런 경험을 많이 할수록 아이들은 공적인 담론의 장에서 소외되지 않는 사람으로 성장할 것이다. 나는 이런 마음으로 이 시간을 열심히 챙기는데, 아이들은 수업 안 하고 노는 시간이라고 생각하니 서로 좋은 일인 것 같다.

후일담. 이 일화는 나중에 한 출판사 편집자의 강력한 권유와 격려에 힘입어 『우리 반 채무관계』라는 동화가 되어서 나왔다. 동화 특성상 약간의 픽션이 가미되긴 했지만 거의 현실 그대로의 이야기다. 이 동화로 여러 아이들을 만났는데 어느새 이 글을 쓸 때와 현실이 달라져 있었다.

이야기의 무대가 된 학교 앞 문구점은 코로나로 인해 문을 닫았다. 슬픈 일이다. 이제 문구점을 낀 학교는 거의 없다. 예전에 어느 학교 앞에나 있었던 가게들, 훌라후프가 걸려 있고 각종 간식거리가 있고 그때그때 유행하는 저렴한 장난감이 있던 그 가게들은 거의 전멸했다. 어린이들이 드나드는 가게들은 이제 다이소, 편의점, 마트 문구코너로 바뀌었다.

그 때문인지 오백 원이라는 돈은 너무나 현실성 없는 액수가 되었다. 대부분의 아이들이 오백 원으로 도대체 무얼 사 먹을 수 있냐고 물어본다. '채무관계'라는 제목에 걸맞게 인플레이션에 대한 설명도 해야 할 판이다.

어린이들을 대상으로 한 문구점의 저렴한 군것질거리나 장난감은 관계부처의 허가 여부에 관계없이 불량이라는 평판에 시달려야 했고, 이제 그것들마저도 찾아보기 어렵다. 어린이들이 마음 편하게 쌈짓돈으로 이것저것 골라 살 수 있는 공간도 사라져가고 그것이 조악하든 불량이든 마음대로 고를 수 있는 음식이나 물건도 사라져간다. 어른의 손을 타지 않고 어린이 스스로 누릴 수 있는 시간이나 공간은 너무 빠르게 사라진다.

## 일인 일역할 없는 유토피아

3월이면 일인 일역할을 정한다. 여럿이 함께 살아가는 교실에서 누구는 일을 많이 하고 누구는 적게 하지 않도록 물샐틈없이 정한다. 연필깎이 통 버리는 일부터 선풍기 날개 닦기까지, 교실에서 생겨나는 잡일들을 담임 혼자 다 하는 것도 벅차지만 무엇보다 자신이 생활하는 곳의 청소나 정리는 스스로 해야 한다는 생각에서다. 결국 대부분 내가 하게 되지만.

그러다 어느 해에 처음으로 일인 일역할을 정하지 않았다. 특별히 생각이 있어서는 아니었고, 각자 역할이 없어도 별일 없길래 정하는 걸 미루다보니 그렇게 되었다. 자치회 임원들이 교실까지 우유를 배달해주면 누군가가 자진해서 아이들에게 나눠주었고, 연필깎이 통도 누군가가 그때그때 비워놓았다. 물론 아이들이 간 후에 내가 청소를 하기는 했지만 노동량이 전에 비해 반도 안 될 정도로 깔끔한 환경이 유지되었다.

하지만 반마다 학교 청소구역이 배정되면서 결국은 역할을 정하게 되었다. 우리 반은 중앙현관과 삼층 계단을 청소해야 하는데 누구만 따로 뽑아 청소를 시킬 수도 없고 다 같이 몰려나가 청소하기도 번잡스럽다보니 당번을 배정하게 된 것이다. 오래된 학교는 조금만 방치해도 철거 직전 건물처럼 지저분해진다. 불특정 다수가 함께 쓰는 복도, 체육관 같은 곳은 청소 인력이 있으면 좋을 텐데 다 교사와 학생들 몫이었다.

긴 회의를 통해 가까스로 당번이 정해졌다. 중앙현관과 삼층 계단 청소 외에 꽉 찬 연필깎이 통 비우기, 놀이방 책꽂이 정리하기, 칠판 닦고 시간표 바꾸기, 우유 나눠주고 우유 상자 갖다 놓기 같은 일을 네다섯 명이 나눠서 했다. 오 분도 안 걸리는 일이지만 나름 청소실명제가 실시되었기 때문에 책임의 무게는 달라졌다.

과연 당번활동은 효율적이었다. 그러나 그 이면에는 상실이 있었다. 당번이 결석하거나 늦게 오면 아무도 우유상자를 안 가져온다. 연필깎이 통이 다 차도 아무도 버리지 않는다. 그 대신 당번에게 책임을 물으며 화를 낸다. 너도나도 바꾸고 싶어했던 시간표는 이제 당번의 영역이 되어 하고 싶은 사람이 있어도 건드리지 못한다. 책임 소재가 명확해진 대신 연대와 배려는 사라졌다.

물론 일인 일역할이 없을 때도 문제는 있었다. 연필깎이 통을 비우거나 우유를 나눠주거나 쓰레기 줍는 일을 모두가 했던 건 아니다. 남보다 유달리 책임감이 강한 아이들, 친구들끼리 다투느니 차라리 자기가 해버리는 게 마음 편한 아이들 몇 명이 일을 해왔다. 네 명밖에 안 되는 작은 모둠 안에서도 마찬가지다. 모둠별로 쓰는 공동학용품을 가져오는 것도 갖다놓는 것도 책임감 있고 마음 약한 아이들이 도맡아 했다. 선생님이 얼른 정리하라고 성화를 부릴 때 못 견디고 움직이는 아이들은 정해져 있다. 준비물을 잘 가져온 친구에게 네가 준비물을 가져왔으니 치우는 것도 네가 하라고 황당한 요구를 하는 어린이도 있다. 그런 꼴을 몇 번 보다보면 모두가 돌아가면서 당번을 맡도록 규칙을 정하게 된다.

호의를 갖고 한번 했더니 계속하라고 시키는 교실. 계속하다가 한 번 안 하면 왜 이번엔 안 하냐 압박이 들어오는 모둠. 내가 했으니 너도 하라고 말하면 가위바위보로 정하자며 다짜고짜 규칙의 잣대를 들이미는 친구. 서운함과 복수심이 지배하는 차가운 공동체. 이것이 내가 자주 봐오던 교실의 풍경이다. 어제는 친구가 했으니 오늘은 내가 하자는 흔쾌한 마음. 내가 하면 다른 사람도 할 거라는 믿음이 있는 교실. 그 믿음을 기반으로 손해본다는 느낌 없이 다른 이들에게 이바지하는 공동체. 그런 공동체를 만들고 싶었지만 결국 만들지 못한 것이다.

책임이 생기면 도망가는 아이들은 어김없이 있었다. 역할 분담에 대한 불만에서 생기는 민원을 해결하는 일이 수업보다 더 피곤했다. 하루는 아이들을 집에 보내고 중앙계단, 현관, 교실 청소까지 내가 다 했다. 몸이 좀 힘들어도 간섭하고 잔소리하는 것보다는 나았다. 선생님이 일하고 있으면 자연스럽게 도와주는 아이가 가뭄에 콩 나듯 있긴 하지만, 현실은 빗자루로 바닥을 쓸 때 발이라도 들어주면 고마울 정도다.

일인 일역할이 없는 교실을 꿈꿨다. 그러나 시간이 지나면 나 혼자 일인 이십칠역할을 하고 있었다. 나는 유토피아를 꿈꾼 건지도 모른다.

## 축구장을 사수하라!

은준이는 무엇이든 남보다 세 배는 빨리한다. 하기 싫은 걸 얼른 해치우고 재밌는 걸 하고 싶기 때문이다. 그날도 은준이는 급식을 엄청 빨리 먹었다. 식판에 밥을 받은 아이들이 자리에 다 앉기도 전에 음식을 입안에 쓸어넣다시피 했다.

"그렇게 빨리 먹으면 탈 난다."

나의 지적에 은준이는 발을 동동 구르며 볼멘소리를 한다.

"빨리 가서 축구 자리 잡아야 한단 말이에요."

당시 내가 있던 학교는 지은 지 백 년이 된 학교였다. 오래된 학교는 낡고 어두침침하고 불편하지만 운동장만은 엄청 넓다. 이런 학교에서 왜 축구 자리를 차지하기 위해 아이가 밥을 헐

레벌떡 먹어야만 하는지 이해할 수 없었다. 어느새 나와 은준이 사이로 아이들이 모여들었다. 학교에서는 조그만 일이라도 생기면 호떡집에 불난 듯 아이들이 모여든다. 아이들은 내게 밥알을 튀겨가며 친절히 설명해주었고 그 덕에 나는 축구 자리 문제를 대강 파악할 수 있었다.

첫번째 문제는 운동장의 비효율적인 구조였다. 그 넓은 운동장에 축구 골대는 운동장 왼쪽 끝, 오른쪽 끝에 하나씩 덜렁서 있다. 그 바람에 아무리 운동장이 넓어도 축구는 두 팀밖에 못 하는 것이다. 그럼 그 두 팀에 전교생 칠백여 명 중 누가 들어갈 수 있는가.

여기서 두번째 문제가 나온다. 우리 사회의 고질적 병폐인 연공서열이다. 놀이터에서, 운동장에서 조그만 분쟁이라도 일어날 때 가장 먼저 튀어나오는 말. "너 몇 학년이야?" 달랑 두 개인 축구 골대는 6학년이 차지한다. 초등학교에서 6학년의 지위와 권력은 어마어마하다. 그들이 일 년만 지나면 중학교에 가서 코흘리개 취급을 받는다는 것을 전혀 모르는 후배들은 6학년 형 언니 들이 눈만 부라려도 오금이 저린다. 물론 우리 선배들은 후배들이 학교에 들어오면 급식 받아먹는 방법도 가르쳐주고 동아리활동 할 때 준비물도 챙겨준다. 하지만 운동장 축구 골대를 양보할 만큼 덕이 넘치는 건 아니다.

드넓은 운동장을 6학년이 차지하고 나면 다른 학년의 어린이들은 오합지졸로 흩어져 어떻게든 축구를 할 수 있는 공간을 찾아간다. 적당히 공을 찰 수 있는 면적인, 주변에 유리창이 별로 없는, 골대로 삼을 만한 구조물이 있는 곳이 뒷골목 축구장이 된다. 이런 입지 조건을 갖춘 곳은 우유 창고 앞 공터, 체육관과 본관 사이, 유치원 놀이터 앞쪽 등이었다. 하지만 그중에서도 괜찮은 곳은 다시 5학년 차지가 되었고(그놈의 연공서열!), 그 결과 4학년과 3학년이 축구를 할 수 있는 공간은 체육관과 본관 사이의 공터, 단 한 곳이었다. 그곳에서도 유리창이 없고 골대로 삼을 벽이 있는 안쪽 자리를 차지하기 위해 4학년과 3학년 사이에선 총성 없는 전쟁이 연일 벌어지고 있었다.

5, 6학년에 비해 3, 4학년은 아직 나이와 서열에 대한 개념이 잘 없을 때다. 그래서 3학년이 4학년에게 덤벼드는 경우가 많다. 기껏 점심을 빨리 먹고 와서 좋은 축구 자리를 차지했는데 뒤늦게 나타난 4학년이 자리를 내놓으라고 으름장을 놓으면 후배들은 결코 고분고분하게 말을 듣지 않는다. 이렇게 따지고 울고 싸우는 일이 매일같이 일어나는 가운데, 어찌 됐든 먼저 가서 자리를 잡는 쪽이 우위를 점한다. 그런 연유로 3학년 은준이는 하루 중 가장 즐거운 시간이어야 할 급식시간에 밥을 입에 쓸어넣게 된 것이다. 성질 급하고 놀기 좋아하는 은준이가

자리 차지하는 임무를 도맡은 까닭이다.

아이들끼리 문제가 해결되진 않을 것 같아 나는 선생님들에게 문제상황을 알리고 의견을 물었다. 어떤 선생님은 그곳은 원래 축구를 하면 안 되는 공간이니 축구 자체를 금지해야 한다고 했다. 어떤 선생님은 아이들을 모아서 회의를 하게 하자고 했다. 어떤 선생님은 점심시간, 중간놀이시간, 또는 요일을 번갈아 쓰게 하자고 했다. 결국 학생자치회의를 열어 결정하기로 했다. 본관 옆을 축구장으로 쓰는 3, 4학년 아이들 모두 회의에 참가했다.

아이들에게 어떻게 결론이 났는지 물어보니 요일별로 중간놀이시간, 점심시간을 나누어서 축구 자리를 쓰기로 했다고 대답했다. 그후로도 가벼운 다툼은 생겼지만 공적인 자리에서 협의해서인지 더이상의 민원은 접수되지 않았다. 모든 아이들에게 문제를 열어놓고 민주적으로 협의하는 우리 학교의 문화가 자랑스러워지는 순간이었다. 대부분의 학교에서 이런 문제는 논의거리조차 되지 않는다. 쓸데없는 일로 싸운다며 아이들을 나무라거나 싸우지 말고 사이좋게 지내라 훈계하고 그만인 학교를 수없이 봐왔다.

쉬는 시간이 되면 아이들이 교실 앞에 보관해놓은 노란 축구공을 들고 뛰어나간다. 창문을 열어두면 함성 소리, 웃음소리가 들린다. 아이들은 공만 보고 우르르 달린다. 포지션이고 역할이고 없다. 공격수도 수비수도 골키퍼도 없이 다 공을 쫓아서 힘차게 달릴 뿐이다. 이 골대에서 저 골대로 전력질주하다가 전반전과 후반전이 끝난다. 다들 숨넘어가기 일보 직전이다. 저렇게 놀기 위해 지난한 과정을 거쳤다. 체육관과 본관 사이, 에어컨 실외기가 있는 그 비좁은 공간에서 축구를 하기 위해 아이들은 규칙을 만들어내고 세상에서 하나밖에 없는 축구를 한다. 우리가 아니고는 이곳이 그렇게 소중한 축구장이라는 걸 절대 알아보지 못할 것이다.

나는 아직도 불만이 많다. 이 넓은 학교 운동장에 왜 골대는 두 개뿐인가. 넓디넓은 운동장 한편에 작은 축구장이라도 만들어두면 얼마나 좋겠는가. 그리고 왜 운동장은 축구장으로만 사용될까. 한쪽에서는 축구를, 다른 한쪽에서는 농구나 피구를, 가운데에서는 모래놀이를 하면 안 되나. 운동장에 산책길이 있고 연못이 있고 벤치가 있고 숲이 있으면 얼마나 좋을까.

그렇게 자리 전쟁을 치르던 운동장도 오후 세시가 되면 텅 빈다. 학교에서 열심히 배웠지만 아이들에게는 더 배울 게 많은 모양이다. 학원 차를 타느라 바쁘게 뛰어가는 아이들 뒤로 남겨진 운동장이 쓸쓸하다. 밥을 입안에 쓸어넣으면서까지 차지하고 싶었던 운동장은 다음날이 올 때까지 오래오래 비어 있다. 수업이 끝난 오후나 휴일, 그리고 방학에도 운동장에서 뛰노는 아이들을 보고 싶다.

# 너한테만 주는 마이쮸

소규모 체험학습을 갔다 돌아오는 차 안. 네 명의 아이들을 차에 태우고 학교로 향하는데 중기가 분하다는 듯 이른다.

"쌤, 수진이가 마이쮸 안 줘요. 형식이한테는 주고 저는 안 줘요."

그러고 다시 수진이에게 따진다.

"나도 마이쮸 줘."

수진이가 대답이 없자 더 큰 소리로 화낸다.

"형식이는 왜 줬는데?"

중기의 목소리에 이해도 용납도 할 수 없다는 울분이 차 있다. 나는, 아니 그 자리에 있던 우리들은 모두 입을 다물고 있었다. 어른인 나뿐 아니라 다른 어린이들도 묘하게 딴청을 부렸다. 보통 이런 민원이 들어오면 옆에서 난리법석을 떨며 이쪽 편을 들고 저쪽 편을 들고 묻지도 않은 정보들을 미주알고주알 떠들어대는데 그날은 이상하게 조용했다.

아마 나도 어린이들도 단박에 알아챈 사실을 중기만 모르고 있어서였을 것이다. 수진이가 모든 아이들에게 마이쮸를 주고 중기에게만 안 준 거라면 나도 이유를 묻고 주의를 줬을지 모른다. 하지만 수진이는 형식이에게만 마이쮸를 줬다. 중기가 이 상황을 이해하려면 시간이 좀더 필요한 것 같았다.

초등학생들은 같은 학년이라 해도 성장속도가 제각각이다. 1월에 태어난 아이와 12월에 태어난 아이는 어른으로 치면 서너 살 차이에 비견할 정도다. 가정환경에 따라 가치관도 다르고 잘 아는 분야도 천차만별이다. 부모와의 대화로 경제 분야에 일찍 눈뜬 아이도 있고 할머니랑 매일 일일드라마를 봐서 막장 치정관계를 벌써 이해하는 아이도 있다. 가족의 취미에 따라 스포츠 상식을 줄줄 꿰고 있거나 캠핑이나 낚시 같은 레저에 도가 터 있기도 하다. 같은 학년 같은 반이지만 수진이, 형식이, 중기, 예빈이에게 쌓인 시간과 경험치는 너무나도 달랐다.

평소 같으면 분명히 한소리 했을 수진이도, 조용히 하라고 타박했을 예빈이도 아무 말 하지 않았다. 가만 살펴보니 그들에게는 복잡한 관계의 실타래가 얽혀 있었다. 일단 수진이는 형식이를 좋아하고 있었다. 평소 수진이는 중기가 뭔가 따질 때 중기가 한 말의 세 배쯤 긴 대답을 다다다다 쏘아붙이는 아이다. 그런데 그날따라 수진이는 중기가 따져도 우물쭈물하기만 했다.

어쩌면 수진이도 자기 마음을 자세히 몰랐던 것일 수도 있다. 늘 공평무사를 외치며 선생님까지도 몰아붙이던 자신이 왜 형식이에게만 마이쮸를 줬는지. 중기가 따졌을 때 왜 이상하게 할말이 없는지. 그리고 또 이상하게 조용했던 예빈이 역시 알고 보니 형식이를 좋아하고 있었다. 예빈이는 중기가 계속 따져 물어서 수진이를 난처하게 하기를 내심 바라고 있었는지도 모른다. 이 모든 갈등의 당사자인 형식이는 중기만큼이나 눈치가 없어서 마이쮸를 신나게 씹어 먹으며 자기에게만 온 행운을 누리느라 정신이 없었다.

지루한 수업 말고는 특별히 과업이 없는 교실은 관계를 중심으로 돌아간다. 사랑이 펼쳐지기에 더없이 좋은 장소다. 초등학교 교실에는 늘 핑크빛 구름이 두둥실 떠 있다. 굳이 나한테 와서 누가 누구를 좋아한다고 떠들어대는 아이들은 그 애정관계에 연루된 당사자일 때가 많다. 본인이 누구를 좋아하니 짝을 시켜달라고 졸라대거나 선생님이 다리 역할을 해줄 것을 적극적으로 요구하는 아이도 있다. 세상 어느 누구도 관심 없을 것 같은 시크한 얼굴을 하고 은근히 누구를 좋아하고 있는 아이도 있다. 짝을 바꾸거나 모둠별 과제가 있거나 포크댄스를 출 때 핑크빛 긴장도는 극대화된다. 서로의 표정을 살피며 누가 누구랑 짝을 맺었는지 관찰한다. 대놓고 알은척하긴 어렵지만 분명히 감지되는 환호성과 탄식이 터져나온다. 지켜보는 내게는 너무나 잘 보이는 마음의 소리다. 한 아이가 누군가에게 유난히 관대해지고 말투가 친절해지는 장면을 발견하면 나는 혼자 웃는다.

어린 시절 좋아했던 얼굴이 희미하게 떠오른다. 누군가를 좋아하는 마음만으로 세상 지루하던 학교가 얼마나 꿀맛 나게 달달한 장소가 되었던가. 그땐 하루하루가 희극과 비극의 연속이었다. 하지만 매번 은은히 미소 지으며 사랑할 수 있는 것은 아니다. 사랑이란 잔인한 법. 내가 좋아하면 다른 누군가도 꼭 그를 좋아한다. 자기가 좋아하는 아이에게 다른 아이가 관심을 보이면 금방 알아채고 질투심에 그것을 까발려버린다. 학년이 높아지면 심각한 폭력사태로 번지기도 한다. 그래서 고학년 담임들은 아이들의 애정관계에 더듬이를 곤두세우기도 한다. 누가 누구를 좋아하는 일에 끼어드는 것처럼 소득도 보람도 없는 일은 없을 텐데도.

다행인지 불행인지 수진이는 자존심이 있고 자신의 속마음을 들키고 싶어하지 않는 어린이여서 마이쮸 사건은 더 크게 번지지 않고 조용히 지나갔다. 중기도 언젠가는 알게 되겠지. 다른 사람과 구별되는 한 사람이 마음에 들어오면 그 마음은 다른 색보다 더 고운 색의 색종이, 더 예쁜 클레이, 그리고 한 개의 마이쮸로 표현되기도 한다는 것을. 그걸 알게 되면 자기는 왜 마이쮸 안 주냐고 소리칠 때 옆에서 어정쩡한 표정을 짓던 친구들을 떠올리며 웃게 되려나.

이 글을 쓰다보니 갑자기 의아한 생각이 든다. 왜 중기가 유난히 수진이의 마이쮸에 신경을 썼을까? 다른 애들끼리 무언가가 오갈 땐 그렇게까지 신경쓰지 않았던 것 같은데. 이런, 내가 또 잘못 짚었나보다. 나이가 들며 둔감해진 나머지 기침만큼 숨기기 어렵다는 사랑의 화살표까지 알아채지 못하게 되어버린 건가.

흠…… 차라리 다행이다. 사랑의 화살표를 예민하게 알아채고 나면 신경써야 할 것이 오만 개는 늘어나니까. 그들의 사랑은 그들의 영역에! 늘 현재진행형인 그 복잡계의 진실을 아무도 나에게 알려주지 않으면 좋겠다.

## 나는 너에게 사과를 받고 싶다

"선생님, 지환이가 점심시간에 6학년 형들한테 맞았어요."

반 아이가 숨가쁘게 일러줬다. 우리 반 지환이가 점심시간에 6학년 아이들에게 끌려가 배드민턴채로 맞고 발길로 차이는 집단폭행을 당했다는 것이다. 사건의 전말은 이러했다. 6학년 아이와 사귀고 있던 우리 반 여학생이 지환이가 자기를 자꾸 귀찮게 한다고 이야기를 했고, 그 이야기를 들은 6학년 아이가 친구들과 함께 지환이를 손봐줬다는 것이다. 지금 같으면 학폭위에 회부되고도 남을 큰 사건이다.

2000년대 초반은 학교폭력이 극에 달한 때였다. 6학년 아이들이 중학교, 고등학교, 그 위로는 조직폭력배와 연결되어 상납을 하고 아이들을 때린다는 소문이 난무했다. 모든 폭력사태가 담임의 카리스마와 역량으로 해결되어야 했는데, 교사를 보호해줄 장치는 없었다.

고학년 담임을 맡게 되면 서둘러 아이들을 파악해 소위 '일진'부터 잡는 것이 순서였던 시절, 우리 반에도 폭력사태가 일어난 것이다. 나는 그전 학교에서 고학년 담임을 꽤 성공적으로 해서 콧대가 높아진 참이었다. 교실을 장악한 아이들과도 친밀하게 지내며 교실 분위기를 잡았고 부당한 사건 앞에선 세게 나가기도 했다. 그 자신감으로 6학년 녀석들을 우리 반으로 불렀다. 사건에 연루된 우리 반 여자아이를 비롯해 몇 명이 남아 있는 교실로 6학년 아이들이 들어왔다. 나보다 덩치가 큰 남자아이들 대여섯 명이 콧김을 씩씩 불며 나를 아래위로 훑어보더니 물었다.

"왜 부르셨는데요."

여자친구 앞이라 더 기세가 등등한 것 같았다. 왜 지환이가 잘못한 건 나무라지 않고 자기들에게 그러느냐며 눈을 부라렸다. 그렇게 대놓고 교사에게 반항하는 아이들을 처음 봤기에 크게 당황했다. 일단 종이를 주며 있었던 일을 빠짐없이 쓰라고 했다. 아이들이 종이를 낚아채고 아무렇게나 앉으며 뭐라 투덜

거렸다. 본 적 없던 건방진 태도에 흥분한 나는 그중 이 사태의 주동자인 현필이라는 아이에게 욕설을 섞어 나무랐다. 기를 죽여야겠다고 생각했다. 욕으로 따지면 이 아이가 나보다 훨씬 능수능란할 것이라는 생각은 하지 못했다. 내 욕에 자극을 받은 현필이는 더 심한 수위의 욕으로 응수했다. 나는 더이상 말을 잇지 못했다. 이 광경을 우리 반 아이들이 다 보고 있었다.

다음날, 학교에 소문이 퍼져 있었다. 옆반 남자아이들이 몰려와 내게 물어댔다.

"선생님, 현필이 형한테 엄청 쫄았다면서요?"

다른 반 선생님도 내가 정말로 학생에게 욕을 했는지 슬쩍 물어봤다. 사건은 내 손에서 남자 선생님 손으로 넘어갔다. 그 선생님 앞에서는 아이들이 순순히 잘못을 인정했고 사과와 합의도 이뤄졌다는 이야기가 들려왔다. 교사가 되고 처음 겪는 쪽팔림과 참담함이었다. 좁디좁은 학교에서 그 녀석들과 마주칠 때마다 어찌해야 할지를 몰랐다. 도저히 아무렇지 않은 척 학교를 다닐 수가 없었다.

며칠을 고민한 끝에 나는 현필이의 담임 선생님에게 부탁해 현필이를 우리 반으로 불렀다. 토마토주스 두 개를 책상 위에 놓고 기다렸다. 불과 얼마 전 나에게 욕을 했던 아이가 쭈뼛

쭈뼛하며 교실에 들어왔다. 나는 마른침을 삼키며 단전에 힘을 주고 말을 꺼냈다.

"현필아, 그날 선생님이 너에게 해서는 안 될 말을 했어. 미안하다."

뜻밖의 말에 당황했는지 현필이는 아무 말도 하지 못했다.

"선생님은 너희가 큰 잘못을 했다고 생각했는데 너무 당당하고 버릇이 없어서 나도 모르게 그런 말이 나온 것 같다. 선생님이 사과할게."

내 마음을 솔직하게 이야기했다. 현필이는 잠자코 듣기만 했다.

"근데 너 역시 선생님에게 해선 안 될 말을 했지. 선생님은 학생에게 그런 말은 처음 들어봤다. 그리고 옆반 애들이 나한테 와서 현필이 형한테 쫄았냐고 물어보더라. 그 말을 들은 내 기분이 어땠겠니."

"기분이 더러웠을 것 같은데요."

현필이다운 대답이었다.

"맞아, 기분이 더러웠어. 그래서 나는 너에게 사과를 받고 싶다."

현필이는 내 말을 듣더니 한참 후 대답했다.

"죄송합니다."

그러고 그때까지 마시지 않은 토마토주스를 손에 들고 교실을 나갔다.

아마 우리 교실에 오기 전 담임 선생님에게 지도를 받았을 테고 이미 나를 상대로 승리한 다음이었기 때문에 현필이는 쉽게 사과할 수 있었을 것이다. 문제는 나의 서투름이었다. 잘못을 저지르고 방어심리가 가득한 아이와 여럿이 보는 앞에서 정면대결을 했고, 뒷수습할 능력도 없으면서 세게 나갔으며, 그것도 욕설로 응징하려 했기 때문이다. 나는 그때 교사도 어른도 아니었다.

다른 각도에서 보면 이 일은 내가 학교 내 갈등상황을 회복적 정의에 입각해 해결한 첫번째 사례일 수도 있다. 어설프긴 하지만 어떤 피해가 있었는지 얘기했으며, 어떻게 회복하고 싶은지 표현해서 원하는 방식으로 사과를 받았고, 나도 사과를 했으니 말이다.

이 사건이 내게 끼친 영향은 굉장했다. 처음에는 못 견디게 자존심이 상하고 화도 났다. 아이들한테도 정이 떨어지고 학교에도 가기 싫었다. 하지만 시간이 지나면서 교사로서 나 자신을 냉정하게 들여다보는 계기가 되었다. 그 일 이후로 나는 '3월에는 아이들 앞에서 웃지도 말아야 한다'느니 '일단 꼬투리를 잡아서 아이들을 한번 무섭게 혼내야 일 년이 편하다'느니 하는, 당시 암암리에 전해지던 폭력적인 학급운영 노하우를 완전히 버렸다. 감정이 극단으로 치닫는 순간에 어린이와 대치하는 일도 웬만하면 하지 않았다.

무엇보다 학교 안에서 그 정도로 심한 폭력사태는 점차 사라져갔다. 학폭위가 생겼고, 학교전담경찰이 생겼고, 학교폭력 예방교육을 시작했고, 교사와 학부모도 아이들에게서 폭력의 징후를 면밀히 살피게 되었다. 이렇게 되기까지 수많은 아이들이 폭력으로 스러져갔다. 너무나 가슴 아픈 일이다.

학폭위가 어느 정도 자리잡으면서 학교 안에서의 가시적인 폭력은 줄어들었지만 은밀히 내상을 입히는 따돌림이나 학교 밖 폭력사태는 여전히 일어나고 있다. 계속 논란인 촉법소년 문제와 더불어 학교폭력 문제는 섬세하고 신중하게 접근하지 않으면 풀 수가 없다. 피해자와 가해자가 어린이와 청소년이라는 것은 책임이 있는 사람들이 모두 어른들이라는 말이 된다. 어른들 스스로 되짚어봐야 할 게 많다는 의미이다.

학교에서 개개인은 쉽게 대상화된다. 그 개인이 소위 말하는 문제아일 때는 더욱 그렇다. 거친 아이들을 만나면 사나운 힘의 논리를 먼저 떠올리는 어른들이 여전히 많다. 나 역시 그런 생각이 불쑥 떠오르곤 한다. '눈에는 눈, 이에는 이' 식의 즉각적인 처벌, 더 센 힘으로 내리누르는 방법 같은 것들 말이다. 하지만 거의 모든 상황에서 이런 방법은 더 큰 화를 불러왔다. 아이들과 함께 살아가며 작은 변화라도 일어나기를 원한다면 결코 그래선 안 된다는 것을 나는 오래전에 배웠다. 토마토주스를 앞에 두고 앉아 있던 그 추운 교실에서.

## 빈틈없는 교실의 이면

유난히 질서가 잘 유지되는 반은 어딘가 위험하다. 선생님의 지시가 그대로 잘 받아들여지고 자질구레한 규칙들이 빈틈없이 지켜지는 교실, 교사가 참견하지 않아도 모든 게 잘 굴러가는 교실은 좀 이상하다. 빛은 그 밝기만큼 그림자를 감추고 있다. 조용하고 질서 있는 교실에도 어김없이 어둠은 깃들어 있다.

질서가 잘 지켜지는 교실에는 중간관리자들이 있다. 중간관리자, 그들은 누구인가. 한때 교과서에도 실려 있던 소설 『우리들의 일그러진 영웅』에 나온 엄석대 같은 아이? 그런 아이가 교실을 지배하던 시절은 진작 지나갔다. 일단 중간관리자는 한 명이 아니다. 적게는 세 명, 많게는 다섯 명까지 있다. 용모가 단정하고 공부도 운동도 잘하며 말도 잘하고 인성도 좋다. 친구들에게는 부러움과 사랑을, 교사에게는 신뢰와 예쁨을 받는 아이들이다. 이들은 서로를 알아보는지 은근히 경쟁하면서도 친하다. "하, 역시 너란 녀석은." 이런 분위기라고 해야 하나. 수업시간에 발표를 도맡고 학급회의시간에 회의를 진행하며 전교 행사가 있을 때 대표로 나간다. 담임이 학기초에 마련한 규칙을 빈틈없이 숙지하고 아이들에게 이를 지키도록 자연스럽게 지시한다. 쓰는 언어도 부드럽다.

"수업 시작했는데 앉아줄래."

"너무 시끄러운데 조용히 해주면 좋겠어."

"그 얘기는 나중에 하면 안 될까."

겉으로 봐서는 친구 사이에 충분히 할 수 있는 말 같지만 조금만 살펴봐도 알 수 있다. 교실에서 이런 말을 할 수 있는 아이들은 정해져 있다는 것을. 다른 아이들은 친구에게 이런 말을 하지 않는다. 어쩌다 해본들 보통 잘 먹히지 않는다.

규모가 작은 학교에서는 중간관리자 노릇을 아주 어릴 때부터 해온 아이들이 있는데 새 학년이 되어도 자연스럽게 그 역할을 맡는다. 중간관리자가 활발히 활동하는 반을 보면 공통점이 있다. 대다수 아이들이 학급 규칙이나 해야 할 일에 관해 앞에 있는 선생님이 아닌 그들에게 물어본다는 것이다.

"지금 수익 23쪽 하는 거지?"

"이거 다 하고 나면 저거 하는 거지?"

"이거 이렇게 하면 되는 거지?"

"색종이 다 쓴 거 여기다 두는 거지?"

영리한 중간관리자는 선생님 눈치도 봐야 하기 때문에 거침없이 대답하진 못하고 "그렇게 하면 될걸?" "그러면 안 될 것 같아"라고 조심스럽게 답하지만 결코 "그걸 왜 나한테 물어봐? 선생님한테 물어봐"라고 얘기하진 않는다.

이런 경우 내게는 두 가지 과제가 생긴다. 첫번째는 당연히 아이들 관계를 평등하게 만드는 것. 두번째는 중간관리자 노릇을 하느라 애어른으로 변한 아이들을 다시 어린이의 자리로 돌려보내는 것. 사실 첫번째 과제보다 두번째 과제가 더 어렵다. 중간관리자들은 모범생이라서 지적을 받아본 적이 거의 없고 자기 자신에 대한 신뢰가 있다. 이런 자부심에 금이 가지 않도록 섬세하게 접근해야 한다. 이들은 자신이 권력을 갖고 있다고 생각하기보다는 교실을 위해 희생한다고 생각하기 때문에 대놓고 말하면 당황하고 상처받을 수 있다.

이런 문제를 해결하려면 아이러니하게도 담임이 잠시 절대군주가 되어야 한다. 선생님의 지시에 대한 질문이나 의견은 선생님한테 바로 얘기할 것을 강력히 전하고 중간관리자 아이들이 갖고 있던 힘을 서서히 빼줘야 한다. 중간관리자라 해도 분명히 다른 아이들과 비슷한 아이다. 숙제하기 싫어하고 문제를 틀리기도 하고 슬그머니 규칙을 어기기도 한다. 하지만 자신에게 씌워진 이미지를 지키느라 자신의 흠을 못 본 척하고, 평소 그들에게 많은 빚을 진 아이들과 선생님도 모두 못 본 척한다. 이럴 땐 그들 또한 완전무결하지 않은 평범한 아이라는 것을 드러내주되 마음이 다치지 않게 조심히 말해야 한다.

"너도 그런 면이 있다니 인간적이구나."

"난 너도 구멍 하나쯤 있을 줄 알았어. 그런데 그런 모습 보니까 더 친근하구나."

장난을 치고 농담을 하며 노력하다보면 어느새 조금 편안해진 그들의 모습을 발견한다. 화도 내고 뭘 빠뜨리기도 하고 선생님에게 가끔 혼도 나는 평범한 교실의 구성원. 편안하게 웃고 있는 아이들의 표정을 보면 그들도 결코 중간관리자 역할을 원했던 것만은 아니라는 사실을 알게 된다. 그들에게 그 역할을 준 것은 아마 교실의 구조나 은연중에 받은 어른들의 기대, 모범생이 되고자 하는 욕망 같은 것일 테다. 다시 아이의 자리로 돌아간 표정에는 해방감과 자유로움이 엿보인다.

아이들은 환경에 잘 적응한 유능한 구성원을 귀신같이 알아보고 그에게 권력을 준다. 스스로 권리의 주인이 된다는 것이 그렇게도 어렵다. 관계가 평등하고 민주적인 교실은 결코 조용하지 않다. 각자 권리를 당당하게 말하고 이것저것 요구하느라 바람 잘 날이 없다. 이 혼란을 견디는 자만이 자유로운 교실에서 살아갈 수 있다.

# 이해와 오해 사이

방과후에 여자아이들 몇 명이 칠판에 글씨를 쓰며 교실에서 놀고 있었다. '나갈 때 책상 정리를 하세요.' '불 끄세요.' '책상 정리 안 한 사람' 이런 걸 쓰며 재잘거린다. 나는 출장이 있어서 얼른 방과후수업 가라고 말하고 먼저 교실을 나왔다.

다음날 교실로 출근하니 전날에 봤던 아이 세 명이 유림이를 둘러싸고 이야기를 하고 있었다. 추궁하고 탓하는 말투, 약간 불안한 공기가 느껴졌다. '별일 아닐 거야. 조금 다툼이 있어도 본인들이 해결하게 두는 게 낫지.' 이런 마음으로 일단 내버려뒀다. 다들 평소 착실한 아이들이어서 저러다 말겠지 싶기도 했다. 하지만 사태는 점점 안 좋아지는 듯했다. 아이들이 쉬는 시간마다 모여서 이야기를 했다. 추궁을 당하는 것 같은 유림이의 낯빛이 점점 어두워졌다. 점심시간에 불러서 물어보려고 했는데 마침 민원이 들어왔다. 나에게 온 아이는 유림이가 아닌 유림이의 가장 친한 친구였다.

"어제 애들이 선생님 보시라고 칠판에 책상 정리 안 한 사람들을 써놨는데요. 유림이가 말도 안 하고 다 지워버려서 애들이 화가 났나봐요. 근데 애들이 말을 너무 심하게 해서 유림이가 울어요."

"유림이가 지운 게 확실해? 애들이 어떻게 유림이가 지웠다는 걸 알았어?"

아이는 잠시 머뭇거리다 대답했다.

"제가 봤어요. 그래서 애들한테 말해줬어요."

이 문제를 해결하는 방법은 겉보기엔 간단하다.

1. 칠판 낙서는 원래 하면 안 되는 것이다. → 너희 모두 잘못을 했으며 그 낙서를 지운 것은 아무 문제도 아니다. → 종결

2. 칠판 낙서는 원래 하면 안 되는 것이다. → 그 낙서를 지웠다고 친구 한 명을 둘러싸고 뭐라고 한 세 아이들이 잘못했다. 사과해라. → 종결

보통 이렇게 하면 아이들은 내 앞에서 사과하고 끝낸다. 그러나 사실 아무것도 해결되지 않은 채 앙금만 남기는 것이다. 문제를 제대로 해결하기 위해서는 더 자세한 조사가 필요하다. 평소 유림이와 그들의 사이가 어떠한가. 유림이 절친은 왜 그들에게 유림이의 잘못을 이야기해줬는가. 유림이는 왜 선생님한테 자신의 괴로움을 바로 말하지 못했는가. 그들은 왜 유림이가 지웠다고 내게 말하지 않고 직접 타박하는 방법을 택했는가. 언뜻 보면 사소해 보이는 이 문제는 사실 굉장히 복잡한 사정을 안고 있다.

유림이를 타박한 세 아이들은 모두가 친해지고 싶어하는 교실의 중심그룹이었고 유림이는 조용히 지내는 아웃사이더였다. 유림이의 잘못을 그들에게 이야기하고 나에게 도움을 청한 유림이 친구는 중심그룹에 들어가고 싶어하는 아이였다. 자신이 아는 정보를 슬쩍 말해줌으로써 그들과 친해지려 했는데 그들이 유림이에게 너무 심하게 화를 냈고, 이러다가는 그들과 가까워지는 것도 실패하고 유림이마저 잃게 생겼으니 당황한 마음에 나에게 고하러 온 것이다. 이제 내가 지나치게 혼내면 세 아이는 더 결속할 거고 유림이는 더 고립될 거다. 자신을 배신한 친구에게 깊은 상처를 입고 아이들의 공격까지 받게 되어 안 그래도 다니기 싫은 학교인데 더 오기 싫어질 것이다. 이것이 내가 예상한 최악의 결과였다.

내가 유림이와 유림이 친구를 불러 상황을 다시 자세히 듣는 것만으로도 세 아이들은 긴장했다. 눈치가 빠르기 때문에 어떤 일이 일어나고 있고 앞으로 어떤 일이 일어날지 금방 알아챘다. 최선의 방어는 공격이기에 유림이를 탓할 구실을 찾는 동시에 선생님을 할말 없게 만들 구실까지 찾고 있을 것이다. 조사가 끝나 아이들을 불렀을 때 그들의 경계태세는 역시 최고조에 이르러 있었다.

"어제 너희가 칠판에 정리 안 한 애들 이름을 써놨었어?"

"네."

"선생님 도와주려고 그런 거구나?"

"네? 네……."

"선생님이 집 가기 전에 책상이랑 주변 정리한 거 검사해야 하는데 어제 일이 많아서 그럴 시간이 없었어. 그러다보니 정리 안 한 애들이 많았나봐. 너희가 나중에 보니 교실이 너무 지저분해서 정리 안 한 애들 이름을 써놓은 거지?"

"맞아요."

"근데 아침에 와서 보니 써놓은 게 다 지워져 있었어?"

"네! 유림이가 다 지워버렸대요!"

"그래서 어떻게 된 사정인지 유림이한테 가서 물어본 거지?"

"네!"

세 아이들의 목소리가 일제히 높아졌다. 나는 이제 유림이를 보며 말했다.

"유림이는 친구들이 한꺼번에 와서 이야기하니 좀 당황했겠네."

"제가 지운 건 맞는데 너무 여러 명이 와서 따지듯이 얘기하니까 좀 그랬어요."

"세 명이 와서 한꺼번에 같은 얘길 하니까 좀 그랬어?"

"네."

"일단 이 문제는 선생님이 잘못한 것 같다. 아이들 가기 전에 책상 정리 잘하고 갔는지 봤어야 했는데 시간을 못 냈어. 그런데 원래 칠판에 낙서하면 안 되니까 선생님이 봤어도 아마 지웠을 거야. 유림이도 그래서 지운 거지? 친구들이 선생님한테 혼날까봐?"

"네."

"너희도 선생님 도와주려고 써놨는데 유림이가 지워버려서 속상한 거고. 그런데 셋이서 한번에 말하니까 유림이가 당황하고 겁도 났을 거 같아."

셋은 말없이 고개를 끄덕였다.

"너희 셋이 몰려간 건 유림이가 미워서 막 혼내주려던 게 아니지? 그냥 얘기 좀 해보려고 그런 거지?"

아이들은 번갈아가며 '유림이랑 싸우려고 한 건 아니다' '몰아붙이려고 한 건 아니다'라고 했다. 그때 뜻밖에도 유림이가 나섰다.

"제가 말도 안 하고 지워버려서 미안하긴 해요."

울기까지 해놓고서 그렇게 말하는 유림이를 보니 안타까운 마음이 들었다. 유림이도 아이들과 관계가 틀어지는 게 부담스러울 것이다. 여기까지 얘기하고 상황을 정리해도 되겠냐고 물으니 아이들이 흔쾌하게 그러자고 했다. 많이 혼날 줄 알았는데 시시하게 끝나서 안심했을 수도 있고 선생님의 긴 이야기가 질렸을 수도 있다. 다들 앙금이 남은 표정은 아니었다.

이 일에는 섬세한 후속작업이 필요하다. 유림이를 따로 불러 평소 그 아이들과의 관계는 어땠는지, 이 문제 외에 다른 일은 없었는지 알아봐야 하고 이후에도 유림이와 아이들 사이를 계속 주시해야 한다. 유림이의 행동을 아이들에게 일러바치듯 제보한 친구는 따로 불러 지도하고 유림이건 그 친구건 고립되지 않도록 신경을 써야 한다. 다행히 이 일로 2차, 3차 갈등은 일어나지 않았다.

예전엔 이런 일이 생기면 아이들을 혼냈다. 왜 한 친구에게 우르르 몰려가서 몰아붙였냐며 꾸짖었을 것이다. 또 유림이의 친구를 불러서 고자질한 행동을 나무랐을 것이고 모두에게 앞으로 이런 일이 있으면 부모님을 부르겠다고 공표했을 수도 있다. 그게 교실에서 정의를 구현하는 길이라고 생각했다.

돌이켜보면 사람 사이의 문제가 선악으로, 가해자와 피해자로 쉽게 구분할 수 있는 경우는 생각보다 많지 않았다. 교실에서 갈등상황이 일어나면 집에 있는 보호자들은 내 아이는 약자, 피해자, 선한 아이라고 생각하곤 한다. 우스갯소리로 보호자들이 좋아하는 담임은 "내 아이에게는 친절하고 다른 아이들에게는 엄격한 교사"라는 말이 있을 정도다. 그러나 양쪽 아이들과 같이 생활하는 담임의 입장은 다를 수밖에 없다.

아이들은 자신의 마음과 의도를 정확히 모른 채로 행동할 때가 많다. 앞날에 대해 예견하는 것도, 경험에 비추어 다른 사람의 의도를 짐작하는 것도 서투르다. 같은 말과 행동에 대해 서로 다른 해석을 할 때도 많다. 그래서 어린이들의 마음을 되도록 좋게 해석해주는 노력이 필요하다. 날카로운 지적을 통해 본인도 모르게 친구에게 상처 주는 행동을 했다고 인정하게 만드는 일은 순간적으로는 효과적일지도 모른다. 하지만 아직 스스로의 마음도 잘 모르는 어린이들이 훨씬 똑똑(하다고 여겨지는)한 어른에 의해 자신의 의도가 나빴다고 규정당하고 미래까지 점쳐져서는 안 된다. 너는 본래 그런 사람이 아니며 충분히 달라질 수 있고 더 좋은 방식으로 다른 이들과 어울릴 수 있다고 끝까지 믿어주는 어른이 있을 때 아이들은 앞으로 나아갈 수 있다.

## 즐거운 체험학습

체감온도 영하 15도인 2월의 어느 아침. 날씨 때문에 졸업여행이 취소되는 바람에 급히 놀이동산으로 체험학습을 가게 되었다. 놀이동산에 가서 체험은 하겠지만 학습할 일은 없을 것이다. 하지만 학교 밖으로 놀러 나가는 일은 원족, 소풍, 현장학습 등 온갖 이름을 거쳐 이제 '체험학습'이 되었다.

체험학습 가는 길은 멀고도 험난하다. 우선 학년초에 교육과정을 살펴보며 알맞은 체험학습 장소를 정한다. 학교운영위원회에 안건으로 올려 심의를 받는다. 버스 대절비, 여행자 보험료를 포함해 여러 가지 비용을 체크하여 계획서를 꼼꼼하게 작성한다. 아이들이 돈을 내야 하는 체험학습은 돈을 걷는 데 오래 걸리기 때문에 공문을 일찌감치 올려야 한다. 미리 사전 답사도 다녀와야 하고, 답사 결과를 또 공문으로 올려야 한다. 모든 행정적인 절차가 끝나도 체험학습 당일 해야 할 일이 많다. 기사님 음주여부 체크, 차량 안전점검, 결석자 및 지각자 체크, 구급약품 확인, 그리고 가이드가 있는 경우 시간 약속을 해두고 수시로 연락해야 한다. "오늘 아파서 못 가요." "도시락을 놓고 갔으니 사 먹도록 해주세요." "몇시에 도착하는지 알려주세요. 학원시간 조정을 해야 해서요" 등 학부모로부터 오는 각종 문의사항과 연락사항에도 응대해야 한다. 비라도 오면 일이 두 배는 더 늘어난다. 날씨에 대한 문의가 쏟아지는 와중에 우천시의 플랜을 가동시켜야 하기 때문이다.

버스에 누가 먼저 탈지 누구랑 앉을지도 하나하나 정해놓지 않으면 꼭 싸움이 난다. 가장 중요한 건 제시간에 아이들을 버스에 태우는 것이다. 반드시 늦게 오는 어린이가 있어서 출발시간이 다가오면 초조한 마음으로 시계를 본다. 인원점검을 마치고 벌써 녹초가 된 채로 버스에 오른다. 기사님께 어색한 웃음과 함께 음료를 드린다. 출발 직전, 좌석 사이를 천천히 걸으며 아이들이 안전벨트를 잘 채웠는지 본다. "너 벨트 왜 안 맸어?" 지적하면 "헤헤, 여기 있지롱" 하며 뱃살에 묻혀 있던 벨트를 보이는 녀석이 있고, 의자를 한껏 뒤로 젖혀서 민원을 유발하는 녀석도 있다. 과자 봉지를 뜯다가 과자를 온통 바닥에 흘린 아이도, 선생님 먹으라며 인심 좋게 과자를 내미는 아이도 있다. 이 잔소리, 저 잔소리를 버스 가득 흩뿌리며 아이들을 진정시키는데 갑자기 누군가 소리를 지른다.

"언제 도착해요!"

관광가이드처럼 마이크를 잡고 우리의 행선지와 그곳에 가는 이유, 교육적 의의 등을 얘기해준다. 버스에서 지켜야 할 주의사항도 빈틈없이 전달한다. 멀미를 하는 아이들을 위해 비닐봉지가 있음을 알리고 사태가 벌어지기 전에 반드시 도움을 요청하라고 이야기한다. 이렇게 만반의 준비를 하고 단속해도 체험학습에서 일어난 각종 사고들은 잊을 만하면 언론에 등장한다. 정말 쉽지 않은 일이다.

나는 인솔교사 지정석인 오른쪽 맨 앞자리에 앉는다. 바로 뒷자리에 앉은 어린이가 의자 사이로 얼굴을 들이밀고 알 수 없는 이야기를 한다.

"시작도 중간도 끝도 없는 것은? 정답! 레시피 없는 생선 스파게티."

혼자 수수께끼를 내고 혼자 답하거나 창밖으로 보이는 모든 풍경에 대해 논평과 참견을 늘어놓는다. 왼쪽 뒷자리 어린이도 마찬가지다. 끝없이 웃고 끝없이 묻는다.

"샘, 놀이공원 가면 뭐 줘요?"

"자유이용권 줄 거야."

"자유이용권이 뭐예요?"

"놀이기구 다 탈 수 있는 거야."

"근데 놀이공원 가면 뭐 줘요?"

"……."

"놀이공원 가면 뭐 주냐고요오!"

어린이의 질문 지옥에는 출구가 없다. 더 뒤에서는 자기가 좋아하는 노래 틀어달라고 소리를 지른다. 못 들은 척 창밖을 보며 과자를 씹어 먹는다. 이어폰을 끼고 싶지만 참는다.

"도착하기 십 분 전에 말해줄 테니까 절대로 언제 도착하느냐고 묻지 마라. 지금부터 제일 먼저 묻는 녀석이 누군지 보자."

이렇게 얘기하면 "그래서 언제 도착해요?"라고 묻는 말과 "선생님! 재가 언제 도착하냐고 물어봤어요!"라고 고발하는 말이 함께 들린다. 그러면 나는 "물어보지 말라고 했지"와 "나도 들리니까 말해줄 필요 없어"라고 응수를 한다. 고발과 잔소리는 끝없이 반복된다.

출발한 지 삼십 분쯤 지나면 버스 안은 흐트러질 대로 흐트러져 있다. 과자를 옆자리 친구에게 건네주다가 쏟고, 그 모습을 본 누군가가 나도 달라고 소리치고, 안전벨트를 슬쩍 풀고 일어나고, 그 아이를 본 다른 아이가 이르고, 뒷좌석에 나란히 앉은 끼리끼리 무리들이 목청을 높여가며 놀이를 시작한다. 그렇게 입이 닳도록 금지했건만 핸드폰 게임을 하다가 결국 싸움이 일어난다. 일찍 사춘기가 온 아이는 후드를 푹 눌러쓰고 이어폰을 꽂은 채 음악을 듣고 있다. 이제 도착했다고 하면 이런 체험학습 따위는 귀찮기만 하다는 눈빛으로 무심하게 일어선다. 물론 요즘 유행하는 멋진 옷을 골라 입고 머리도 평소와는 살짝 다르게 다듬고 왔지만 말이다.

아이들이 버스에서 내리면 놓고 온 물건이 없는지 살핀 다음, 차가 지저분해져서 죄송하다고 기사님께 사과하고 돌아오는 시간이 몇시인지 알려드린다. 내리자마자 오줌이 마렵다고 아우성치는 아이들을 데리고 화장실을 찾기 위해 날카롭게 눈을 뜨고 두리번거린다.

즐거운 체험학습이 이제 막 시작되었다.

# 진짜로 즐거운 체험학습

온갖 역경에도 불구하고 나는 체험학습을 즐기기 위해 최선을 다했다. 교실을 벗어나 아이들과 있는 게 좋아서였다. 체험학습을 갈 때는 일부러 선생님 자리에서 잠시 내려온다. 눈앞에 있는 것을 아이들과 비슷한 눈높이에서 보고 재밌어한다. 평소 대화가 뜸한 아이와도 실없는 이야기를 나눈다. 아이들은 이런 나를 환영하며 무리에 끼워준다. 함께 놀이기구를 타며 비명을 지르고 사진을 찍는다. 수건돌리기나 술래잡기를 하고, 가위바위보를 한 다음 진 사람은 눈 가운데로 모으기, 콧구멍 벌렁거리기 같은 무의미한 놀이도 한다. 점심때가 되면 적당한 자리에 돗자리를 펴 도시락을 나눠 먹는다.

날씨가 나쁘면 고생스럽지만 추억을 남기기엔 더 좋기도 했다. 수목원 체험학습을 갔을 땐 도착하자마자 폭우가 쏟아졌다. 비가 온다는 예보 때문에 우비를 챙겨오라고 했는데 우비가 아무 소용이 없을 정도로 비가 많이 왔다. 공교롭게도 수목원이 가장 아름다운 날은 비 오는 날이라는 사실을 그날 알았다. 수목원 전체가 우리 것 같았다. 사람은 아무도 없고 식물들은 한껏 푸르니 너른 잔디마당을 신나게 뛰어다니며 놀았다. 안내하러 나온 수목원 직원이 그 모습이 너무나 인상적이라며 사진을 잔뜩 찍어서 보내주었다. 새파란 잔디마당에서 알록달록한 우비를 입고 뛰어다니는 아이들 모습은 한 폭의 그림 같았다.

작은 학교에서는 혼자 반 아이 전부를 데리고 대중교통을 이용해 체험학습을 가기도 했다. 조금만 주의가 흐트러지면 꼬마 게들처럼 사방으로 흩어지기 일쑤인 아이들을 인솔해 지하철과 버스를 갈아타며 국회의사당과 청와대를 갔다. 사회 교육과정의 정치 단원과 관련지어 간 것이지만 정치보다는 교통수단 체험학습에 가까웠다. 질서를 잘 지키면 편의점에서 마음껏 간식을 살 기회를 주겠노라 어르고 달랬지만 자꾸 대열을 벗어나는 아이들을 통제하느라 혼이 빠질 것 같았다. 다행히 아이들도 교실에 있을 때보다는 긴장을 했는지 별문제 없이 하루를 마칠 수 있었다.

아이들을 단체로 데리고 학교 밖으로 나와보면 세상이 아이들에게 얼마나 각박한지 알 수 있다. 대중교통에서 마음껏 떠들던 어른들도 아이들 목소리에는 유난히 엄격한 듯하다. 아이들에게 조용히 하라고 윽박지르고, 담임인 나에게 아이들을 잘 지도하라며 눈을 부라린다. 다른 어른이 떠들 때는 한마디도 못 하면서 아이들 목소리가 모이면 꾸짖고 화를 낸다. 이럴 때는 나도 모르게 아이들과 같은 마음이 되어 어른들을 미워하게 된다. 국회의사당에서 한껏 본인 자랑을 하는 국회의원을 보고 "저 아저씨는 왜 저렇게 잘난 척을 해요?"라고 일갈한 아이의 말에 혼자 통쾌해서 웃기도 하고, 가방을 일일이 검색하며 도시락까지 확인하는 청와대에서 "아, 왜 이리 국민들을 못 믿어요!"라고 불만을 터뜨리는 아이를 굳이 말리지 않았다.

지금은 체험전성시대다. 휴일에 나가보면 고궁이나 유적지에는 어김없이 체험학습을 하는 아이들이 있다. 가족과 나온 아이들도 있지만 대부분 학습기관에서 나온 선생님과 함께다. 아이들은 역사적 사실이나 생태 상식을 목청 높여 외치는 선생님 앞에서 부루퉁한 표정으로 딴짓을 하고 있다. 평일에 질리도록 학교와 학원에서 수업을 듣는데 주말까지 나와서 학습하려니 기분이 좋을 리가 있나. 그렇거나 말거나 어른들은 어린이들을 줄 세우고 뭔가를 가르쳐야 직성이 풀리나보다.

너른 세상에서 몸으로 겪고 배우는 체험학습은 오히려 실컷 놀 때에야 가능한 것 같다. 우리가 수목원에서 빗속을 뛰어다니며 신나게 놀았던 날이 잊지 못할 추억으로 남은 것처럼. 체험학습이란 말 대신 '나들이'나 '소풍'이란 말을 다시 썼으면 좋겠다. 밖에 나가서 친구들과 놀고 맛있는 것도 먹고 세상 구경도 하고 버스도 타고 노는 것이다. 체험학습은 돈 있고 시간 있는 어른들이나 하자. 아이들은 그냥 놀러 나가자.

# 대화에는 체력이 필요해

담임을 오래하다보면 온몸의 에너지가 고갈돼 한번씩 전담교사를 신청한다. 전담교사는 과학, 영어, 음악, 미술, 체육 같은 특정 교과만 담당한다. 학급 담임을 하지 않고 교과수업만 하기 때문에 아이들 생활에 깊이 관여하지 않아도 된다. 생활지도의 부담은 한결 덜고 학부모와의 접점도 희미하다. 수업을 방해하는 아이가 있어도 적당히 주의를 주다가 문제가 커지면 담임 선생님에게 알려주면 그만이다. 물론 전담교사만의 고통도 있다. 대부분의 아이들은 담임 선생님 외에 다른 어른들 말은 잘 안 듣는다. 덕분에 처음 과학 전담교사를 할 때는 지옥을 맛보았다. 담임 선생님 말도 귓등으로도 안 듣는 무시무시한 6학년들은 과학실에서 실험보다 싸움을 더 많이 했다.

두번째로 전담교사를 맡았을 때는 네 개 학년에서 과학과 영어를 가르치느라 매일매일 녹초가 되었다. 수업시수는 너무 많은데다 처음으로 원어민과 공동수업을 하느라 정시퇴근을 한 날이 거의 없었다. 안 그래도 쉽지 않은 영어수업인데 나는 특정 반에서 유난히 수업을 하기가 어렵다는 것을 깨닫고 원인을 살펴보았다. 그리고 알게 되었다. 그 반에서는 내가 설명을 할 때 항상 소리가 이중으로 들린다는 사실을. 나와 비슷한 높이로 계속 웅얼거리는 아이가 있었던 것이다. 친구에게 말하고 있는 것도 아니고, 혼잣말도 아니고, 대체 누구에게 얘기하고 있는지 알 수가 없었다.

과학실 창밖으로 햇살이 반짝이던 어느 점심시간, 그 녀석을 과학실에 남겨 대화를 시도해보았다. 그전까지는 담임이 아니란 핑계로 몇 번 주의만 주고 넘어갔는데 그날은 날씨도 좋았고 체력이 약간 남아 있었기 때문이다.

“너는 왜 선생님이 말할 때 동시에 말을 하니. 내가 설명할 때 너도 말하면 너도 애들도 수업을 못 듣게 되잖니. 선생님과 동시에 말하지 않았으면 좋겠구나.”

“제 의견도 말 못 하나요?”

“네 의견을 나와 동시에 말하지 말라는 거야.”

“무슨 말인지 못 알아듣겠는데요.”

“다른 아이들은 다 해결한 활동지를 너는 반도 하지 않았어. 왜 시간 내에 하지 않고 자꾸 딴짓을 하는 거니.”

“이제는 공부를 해도 뭐라고 하시네요.”

“무슨 말을 하는 거지? 지금 공부를 안 했다고 얘기하는데.”

“무슨 말인지 못 알아듣겠는데요.”

할말을 잃었다. 이 어린이는 어떤 대화를 하건 삽시간에 핵심을 무력화하고 마무리는 항상 “무슨 말인지 못 알아듣겠는데요”로 끝내는 스킬을 구사했다. “바람 센 날, 계곡을 끼고 마주하고 있는 듯한 대화였다. 접점이라는 게 없다”는 하루키 수필 속 문장이 생각났다. 이 정도로 말이 안 통하는 어린이는 실로 오랜만이었다. 난 대화를 중단하고 수업시간에 하지 않은 활동지를 마저 끝내라고 했다. 네가 다 할 때까지 언제까지나 기다리겠다고 못박고 내 할일을 했다. 녀석은 처음엔 사흘을 줘도 못 하겠다고 뻗대더니 점심시간이 점점 줄어들자 삼 분 안에 해치우고 과학실을 나갔다.

그 이후 녀석과 대화로 문제를 해결해보려는 생각은 과감하게 버렸다. 나는 긴 시간 동안 그 아이를 상담하고 부모와 의논

하며 여러 방법을 연구할 수 있는 담임이 아니지 않나. 하지만 제주도로 수학여행을 따라갔다가 또 문제상황을 마주하고 말았다. 담임 선생님을 도와 무사히 일정을 치른 후 드디어 마지막 날. 아이들 방을 점검하러 갔다가 방장과 녀석이 나누고 있는 대화를 듣게 된 것이다.

"야, 너만 이불 안 갰어. 얼른 개라."

"나 갰는데. 무슨 소리야. 나 갰는데."

"너 그냥 이불장에 쑤셔박아서 내가 다시 꺼내놨어. 저거 봐. 안 갰잖아."

"내 이불에 손댔으니까 네가 개시지."

나는 녀석과 엮이지 않겠다던 결심을 잊고 나도 모르게 개입했다.

"너 선생님이 다 듣고 있었는데 무슨 억지소리야! 네 이불에 손댔으니까 얘보고 개라니. 얼른 이불 개지 못하겠니."

녀석은 나의 지시에 아랑곳하지 않고 자신은 이불을 개본 적이 한 번도 없다며 뻗대기 시작했다. 결국 담임 선생님이 와서 이불 개는 방법을 처음부터 하나하나 가르치는 것으로 우리의 대화는 끝났다. 담임 선생님은 나보다 참을성이 백배는 많은 분으로, 녀석의 말대꾸에도 한 치의 흐트러짐이 없었다. 역시 담임 선생님이 최고다.

나중에 체력이 올라오면 다시 한번 녀석과 대화를 시도해 볼까 싶은 생각도 들었지만 그해가 다 가기 전에 그런 날은 오지 않았다. 힘들지 않은 날은 없었고 그만큼의 체력은 절대 올라오지 않았기 때문이다. 교사에게 대화란 늘 상대를 설득해서 끝내 행동하게 하는 것이다. 다시 그런 어린이를 만나면 나는 이불 개기를 처음부터 가르치면서 지도할 수 있을까. 그러려면 당장 체력부터 길러야 할 것이다.

## 마니또를 합시다

학급회의를 하면 어느 해에도 빠짐없이 마니또를 하자는 의견이 나온다. 우리말로 '콩깍지'라고 부르기도 한다. 콩깍지가 콩을 감싸주듯이 나와 짝이 된 상대방을 잘 감싸주고 도와주라는 뜻이다. 평소 무관심했던 친구에게도 콩깍지가 됐을 때만큼은 주의를 기울여 관찰하고 몰래 도와주면서 새로운 우정을 꽃피워보자는 아름다운 취지랄까.

그러나…… 인생이란 게 그렇듯이 의도대로 되는 일은 거의 없다. 마니또도 마찬가지다. 몇 번 하다보면 마니또는 금세 선물 서바이벌로 변질되고 만다. 마니또를 하고 싶은 이유는 오직 선물! 선물! 그중에서도 먹을 것 때문이다. 마니또가 내 사물함에 넣어준 간식, 그것만이 유일한 목적일 뿐 새로운 우정이고 콩깍지고 상관없는 것이다. 마니또에게 선물을 받아서 크게 기뻐하는 아이가 있으면, 받은 게 없어 크게 슬퍼하는 아이도 있다. 그리고 그 슬픔의 화살은 주로 나를 향한다.

"선생님! 저는 선물 줬는데 제 마니또는 아무것도 안 줘요!"

"제 마니또 혼내주세요!"

안 그래도 폭발하는 민원 천국에 새로운 민원이 계속 추가된다. 나는 되도록 교실에서 마니또를 하지 않으려고 아이들을 설득한다. 그러나 대부분 패배하고 또 마니또를 한다. 정신 차려보니 거의 해마다 하고 있었고 심지어는 일주일씩 시간강사로 나가서도 하고 있었다.

마니또를 하는 과정은 꽤나 번거롭다. 일단 아이들 이름이 적힌 종이를 출력해 한 장씩 뽑게 만든다. 이때 교실은 즐거운 긴장으로 들뜬다. 누굴 뽑았는지 들키고 싶으면서도 들키고 싶지 않은 얼굴. 마음에 드는 애가 뽑혔지만 실망한 척도 해야 하고, 사이 나쁜 아이가 뽑혀도 표정관리를 해야 한다. 불만을 터뜨렸다가는 선생님한테 혼이 날 테고 자칫하면 마니또 자체가 없던 일이 될 수도 있기 때문이다. 하지만 그들의 얼굴 근육은 그런 미묘한 감정을 숨기기에는 아직 서툴다. 그 표정들은 혼자

보기 아까울 정도로 흥미롭다.

이렇게 마니또가 정해지면 일주일 정도 시간을 주고 뭐든 해보라고 한다. 단, 사물함이나 서랍에 넣는 선물은 천 원을 넘으면 안 된다. 선물보다는 친구를 보이지 않게 도와주는 게 더 중요하다고 강조하지만 소용없다. 누가 무슨 과자, 무슨 선물을 받았는지 다 소문이 나고 발표도 하기 전에 누가 누구의 마니또인지 알려질 때도 많다. 마니또를 위한 일일 미션을 준 적도 있다. 먼저 인사하기, 세 번 이상 말 걸어보기, 그 아이에 대한 특정 정보 알아내기 등. 선물보다는 관심을 가져보라는 취지였지만 대놓고 물어보다가 마니또를 들켜 재미가 없어지기도 했다.

몇 번은 나도 같이 했다. 아이 사진을 멋들어지게 뽑아서 좋은 문장과 함께 사물함에 붙여놓기도 하고 비타민 음료를 사물함에 넣어주기도 했다. 나를 마니또로 뽑은 아이도 몰래 내 책상을 치워놓거나 편지나 먹을 걸 놔두기도 했다. 한번은 마니또에게 선물을 받은 아이에게 "와, 좋겠다. 마니또가 이런 것도 줬네"라고 했더니 한 아이가 벌떡 일어나서 "선생님 책상 키보드 오른쪽 아래에도 마니또가 준 초콜릿이랑 편지가 있잖아요!" 하고 고래고래 소리를 지르는 바람에 그애가 내 마니또라는 사실을 반 아이들이 다 알게 되기도 했다.

일주일이 지나면 마니또의 정체를 발표한다. 자신이 누구의 마니또였으며 그에게 무엇을 해주었는지 밝힌다. 아무것도 해주지 않고 일주일을 보낸 아이도 있고 마니또로서 정성을 다한 아이도 있다. 역시 마니또도 복불복인 것이다. 친절한 마니또가 걸린 아이들은 헤벌쭉 웃고 무신경한 마니또가 걸린 아이들은 울상이다.

발표한 날에는 글을 쓰기도 한다. 일주일간 내가 관찰한 아이에 대해 글을 쓰는 것이다. 아이들은 일 년을 같이 살아도, 몇 년을 같은 반이 되어도 친한 아이들하고만 친하다. 원래 친한 친구 외에 다른 친구에 대해 별로 알려고 하지 않는다. 그러다보니 나와 잘 통하는 아이가 누군지 탐색할 기회도 없다. 그림 잘 그리는 아이, 운동 잘하는 아이 등 무언가를 잘하고 못하고가 한 사람에 대한 정보의 전부일 때가 많다. 친구 관찰 글쓰기나 마니또를 하면 이런 고정관념을 좀 깨줄 수 있어서 번거롭더라도 자꾸 하게 된다.

해가 바뀌어도, 아이들이 달라져도 마니또를 할 때는 다 비슷하다. 하루하루 설레는 맘으로 사물함 문을 열고 얼굴이 환해지거나 어두워진다. 어쩌면 아이들이 마니또를 하자고 하는 이유는 선물이나 맛난 간식이 전부가 아닐지도 모른다. 책상

위 음료수, 가방고리에 달린 알 수 없는 쇼핑백, 누군가로부터 날아온 예쁜 쪽지, 사물함에 놓인 작은 선물상자는 우리 모두에게 설렘과 행복의 또다른 이름이니까. 누구나 이름 모를 누군가로부터 조건 없는 친절을 받아보고 싶은 법이다. '익명'이라는 말 자체가 음험한 범죄의 기운을 풍기는 요즘 세상에 조건 없는 친절은 위험하게 느껴지기도 한다. 마니또가 가능한 교실은 그래서 소중하다. 그러니 아이들도 어른들도 모두 마니또를 해보자. 그리고 일단 시작했으면 좀 정성껏 하자.

# 화도 먼저, 화해도 먼저

점심을 먹고 교실로 돌아오는데 뒤에서 누군가 큰 소리로 인사를 했다. 나한테 하는 인사인 줄 모르고 그냥 걸었더니 "5반 쌤! 안녕하세요!" 하고 또 우렁차게 인사를 한다. 보통 바로 코앞에서 봐도, 내가 옆 반 선생님인 걸 뻔히 알아도 쓱 지나치기 일쑤인데 누가 이렇게까지 인사를 하나 싶어 돌아보았다. 통통하고 빨간 볼, 동그란 안경, 곱슬곱슬 파마머리. 이 녀석은 2반 두들리가 아닌가. 두들리는 내가 돌아보니 마치 친구라도 만난 것처럼 씩 웃는다.

두들리는 곱슬머리에 둥실둥실한 몸매가 '해리포터' 시리즈에 나오는 두들리를 쏙 빼닮아서 나 혼자 몰래 부르고 있는 별

명이다. 이 녀석은 하는 짓도 두들리랑 무척 비슷하다. 고집이 센데다 생떼를 부리기 시작하면 아무도 말릴 수가 없다. 나는 이 녀석의 담임이 아니어서 그 모습을 볼 일이 없었는데, 지난 금요일 동아리시간에 제대로 알게 되었다.

동아리시간은 좋아하는 활동을 중심으로 학년, 반 구분 없이 모인 아이들이 스스로 꾸려가는 시간이라 내 간섭이 상대적으로 적다. 이날은 자리를 다시 배치하기로 한 날이어서 나는 전에 한 모둠이었던 애들을 갈라놓는 정도로 느슨하게 자리를 정해두었다. 모두들 정해진 자리에 앉아 즐겁게 동아리 활동을 시작하려는 찰나, 두들리가 흥분하기 시작했다. 정해준 자리에 앉기 싫다는 것이었다.

"성호가 앉았던 자리라고요!"

"그게 뭐?"

"걔가 앉았던 자리에 앉기 싫다고요."

"그건 이유가 안 되는데."

"어쨌든 싫다고요. 바꿔달라고요."

"그런 이유로 자리 바꿔줄 수는 없어."

그러자 두들리는 일어나서 소리를 질렀다.

"왜 안 되는데에에……!!! 자리 바꿔달라고오……!!!!"

다른 아이들은 꽤나 익숙한 광경인지 두들리에게 별로 신경쓰지 않았다. 나는 두들리 옆에 가서 조용히 말했다.

"그만해라. 성호가 앉았던 자리라서 바꿔달라는 말은 절대 들어줄 수 없으니까."

두들리는 쓰고 있던 안경을 집어던지고 책상을 손으로 쾅쾅 쳤다. 나도 머리끝까지 화가 났다. 절대로 자리를 바꿔주고 싶지 않았다. 성호는 평소 과장된 말과 행동으로 주의가 필요한 아이이긴 했다. 하지만 그 아이가 앉았던 자리에 앉을 수 없다는 두들리의 행동은 내 기준에서 절대로 용납할 수 없는 행동이었다. 이제 열 살이 된 아이가 친구를 혐오하고, 그 혐오를 이유로 자리 바꾸기를 요구하고, 그 요구도 예의나 규칙을 전혀 따르지 않고 무작정 날뛰는 것으로 표현하는 상황을 용납할 수 없었다.

결국 두들리는 두 시간 내내 서 있었고 나는 서 있든 말든 알은체하지 않았다. 금요일 마지막 수업을 드잡이하며 보내고 나니 온몸에 기운이 쫙 빠졌다. 퇴근 후에 집 근처 강변길을 두 바퀴 넘게 운전하며 마음을 삭여야 했다. 나의 정당한 지시나 지도가 먹히지 않았다는 것, 아이들 앞에서 두들리와 대결하는 모습을 보였다는 것, 두들리가 두 시간 내내 서서 버텼다는 것에 마음이 몹시 상했기 때문이다.

다음주 월요일 오후, 두들리가 담임 선생님과 함께 우리 교실로 들어왔다. 두들리는 차분하고 이성적인 담임 선생님에게 지도를 받은 모양인지 내게 사과를 했다.

"금요일에 말썽부리고 안경 던져서 죄송합니다."

나는 사과를 흔쾌하게 받아주고 나서 금요일의 문제에 대해 두들리와 다시 이야기했다. 그리고 새로운 사실을 알게 되었다. 평소 성호는 자기 자리에 코딱지를 많이 묻히는 걸로 유명한데 두들리가 그 장면을 본 것이다. 자신이 앉아야 하는 의자와 책상에 성호의 코딱지가 마구 묻어 있는 것을 안 이상 절대로 앉을 수가 없었다고 했다. 나는 성호를 동아리시간에 몇 번 봐서 그 말이 괴소문만은 아니라는 것을 알고 있었다.

나는 두들리가 보는 앞에서 성호가 앉았던 책상과 의자를 알코올티슈로 깨끗이 닦았다. 그리고 성호에게도 책상과 의자에 코딱지 묻히지 않겠다는 약속을 받겠다고 이야기했다.

"이제 깨끗이 닦았으니 앉을 수 있지?"

두들리는 고개를 끄덕였다. 그후 두들리는 동아리시간에 그 자리에 잠자코 앉아 있었다.

그날 두들리를 따로 불러서 진정시킨 후 자초지종을 잘 들어봤으면 쉽게 해결할 수도 있는 문제였다. 내 멋대로 친구를 혐오했다 판단하고 무작정 지시만 했으니, 평소 고집이 있고 지기 싫어하는 두들리가 더 흥분한 것은 놀랄 일도 아니다.

그리고 오늘 점심시간, 나의 뒤에서 그렇게도 반갑게 인사를 한 것이다. 두들리는 이 사건을 겪고 나와 꽤 친해졌다고 생각한 모양이다. 마치 싸웠다가 화해한 친구를 대하듯 나를 보고 히죽 웃고 있었다.

흥, 아이들은 늘 이런 식이다. 자기 맘대로 화를 버럭버럭 냈다가 풀리는 것도 늘 먼저다. 내 기분 같은 건 아랑곳없다. 역시 매 순간 어린이들에게 지고 있는 것이다.

✦ 3부 ✦
너도나도 애쓰는
삶의 현장에서

# 외로운 아이도 계속 외롭진 않다

한때 내가 생각했던 멋진 교사는 어린이들을 자유롭게 해주는 교사였다. 수업시간에 다 같이 교과서를 던지고 밖에 나가 펑펑 내리는 눈을 맞는다든가, 뒷문으로 빠져나가 동네의 언덕이나 유적지에 다녀온다든가, 즉흥적이고 파격적인 활동을 해서 아이들을 기쁘게 해주는 교사 말이다. 서머힐학교나 키노쿠니학교 같은 대안학교에 관한 책을 한참 읽을 때는 더, 더 많은 자유를 추구했다.

교실에서 자리를 정할 땐 각자 원하는 자리에 앉도록 했다. 점심도 먹고 싶은 친구랑 앉아서 먹으라고 했고, 체험학습 갈 땐 버스에서 앉고 싶은 친구끼리 앉으라고 했다. 짝 선택 쿠폰,

수업시간에 누워 있기 쿠폰, 청소 면제 쿠폰, 숙제 면제 쿠폰들을 만들어서 상으로 주었다. 아이들에게 간식도 곧잘 사주었다. 방과후에 교실에 남아서 놀고 싶은 아이들은 마음껏 놀게 해주었다. 아이들이 열광을 했다. 아이들이 좋아하니 그 아이들의 부모님들도 나를 좋아했다. 김선정 선생님 반이 되면 대박이 난 거라고 얘기한다는 어느 부모님의 말을 듣고 속으로 크게 기뻐하기도 했다.

그때는 몰랐다. 하고 싶은 대로 할 수 있는 아이들은 힘이 있는 아이들이라는 것을. 교실에 법이 작동하지 않을 때는 다른 종류의 힘이 작동한다는 것을. 그런 자유 속에 더 외로운 아이들이 있을 수 있다는 것을.

"앉고 싶은 사람이랑 앉으면 돼."

"먹고 싶은 사람이랑 먹으면 돼."

"놀고 싶은 사람이랑 놀면 돼."

교사의 이런 말이 어떤 아이에게는 우산도 없는데 퍼붓는 소나기 같을 수도 있다. 아무도 나와 같이 앉고 싶어하지 않고, 놀고 싶어하지 않고, 밥 먹고 싶어하지 않을 수도 있다. 노래가 멈추면 얼른 두 사람, 세 사람씩 짝을 지어야 하는 놀이에서 혼자 남으면 다른 사람의 즐거움은 더 커다란 소외감으로 돌아온다. 분명히 나도 그 놀이를 두려워했던 시절이 있었는데도 어느

새 그때의 감정을 잊어버린 것이다.

아픈 시행착오를 거친 후 나는 통제를 많이 하는 교사가 되었다. 짝은 제비뽑기로 정했다. 체험학습 때도 수학여행 때도 모둠을 만들어 함께 놀게 했다. 모든 일에 공평한 기회와 순번을 정했고 한두 명에게 관심이 몰리지 않도록 표현을 자제했다. 모두가 앉고 싶은 친구랑 앉을 때 짝을 찾지 못하는 아이, 모둠을 짤 때 마지막까지 혼자 남아 눈 둘 곳을 몰라 하는 아이, 그런 아이가 한 명이라도 있으면 나머지 모두가 즐거운들 무슨 소용이란 말인가.

하지만 아무리 애를 써도 외로운 아이는 반드시 있었다. 무리에서 겉도는 아이가 없도록 살피고 감시해도 어느새 혼자인 아이들이 생겼다. 마음이 따뜻한 아이에게 좀 챙겨달라고 부탁하기도 하고 내가 나서서 같이 밥을 먹거나 놀아주기도 했지만 해결되지 않았다. 이미 쌓인 상처 때문에 달아나버리거나 차라리 혼자 있겠다고 고집을 부리는 아이가 있는가 하면, 여럿이 뭔가를 조정하고 맞춰가는 것보다 혼자가 편하다는 아이도 있었다. 쉬는 시간이 되면 도서관으로 달려가거나 아무도 없는 교실에서 그림을 그리는 아이들.

친구를 깊이 사귀었지만 빨리 사귀지는 못했던 나의 중학생

시절. 아직 아무도 사귀지 못했는데 수학여행 날이 다가왔다. 모두들 친구와 즐겁게 어울려 다니는데 혼자 불국사를 어정쩡하게 돌아다녔다. 그런 내가 안되어 보였는지 누군가 사진을 같이 찍자고 했다. 단짝으로 보이는 두 아이 옆에서 어색하게 찍은 사진이 지금도 있다. 제대로 이름 붙이지도 못했던 외롭고 씁쓸한 마음이 아직도 생생하다. 고등학교 때는 예민한 마음들에 지쳐서 자발적으로 혼자가 된 적도 있었다.

아무도 외롭지 않고 모두가 우정을 나누는 교실을 만드는 데 해마다 실패했지만, 다시 교사가 되어도 나는 혼자 있는 아이를 보면 안타까워 발을 구를 것이다. 그 아이와 함께할 아이를 찾거나, 잠시라도 내가 그 아이의 짝이 되거나, 이도 저도 안 되면 아예 모두를 혼자 있게 만들기도 하면서 애를 쓰겠지. 다만 전처럼 안달을 해가면서 아이를 빨리 누군가와 연결시키려고 무리하지는 않을 것이다. 대신 조심스럽게 알려줄 것이다. 사람은 혼자이고 싶지만 어쩔 수 없이 무리 속에 있어야 할 때도 있고, 혼자이기 싫어서 애를 써도 외로울 때가 있다는 사실을.

사실 학교에서 생기는 대부분의 관계 문제는 시간이 해결해 줄 때가 많다. 어린이들은 고정된 존재가 아니기 때문이다. 나를 비롯한 어른들은 이것을 잘 믿지 못한다. 우리 아이가 혼자인가 함께인가, 무엇이 부족해서 혼자이고 누구 때문에 혼자인가를 계속 따져 묻는다. 아이가 무리 속에 있어도 마찬가지다. 어떤 아이들과 어울리는지, 그 안에서 은근히 소외되지는 않는지, 바보처럼 혼자 손해보진 않는지 늘 전전긍긍이다.

하지만 아이들은 계속 자란다. 어떤 아이도 계속 혼자 있거나 계속 같이 있지는 않는다. 무리 안에서 신난 아이도 살다보면 혼자가 되는 순간이 찾아오고, 늘 혼자인 아이도 어느새 친구를 만난다. 그렇게 관계의 쓴맛과 단맛, 허무함을 배우면서 어른이 된다.

어른이 된 뒤에는 혼자 밥을 먹고 혼자 영화를 보고 혼자 여행을 떠나기도 한다. 얕은 인간관계를 넓게 갖기도 하고 좁은 범위의 인간관계를 깊게 갖기도 한다. 이런저런 관계를 맺어가면서 나라는 사람에 대해 알아간다. 나라는 사람의 고유한 정체성이 경험 없이 저절로 자리잡지는 않으며 이 모든 경험이 행복하고 아름다울 수만은 없다.

혹시 오늘 혼자이진 않았는지 묻고, 억지로 친구를 연결해주고, 아이에게 조금이라도 상처를 준 것 같은 친구에게 날을 세우는 것은 결국 어른들의 불안 때문이다. 그리고 어른의 이런 불안을 어린이들은 금방 눈치챈다. 바뀌고 또 바뀌는 관계에 지친 아이들이 쉴 수 있는 틈을 만들어주는 것, 당장은 막막하겠지만 지나고 나면 조금 자유롭고 편안한 순간이 찾아온다고 말해주는 것, 그도 아니면 그저 모른 척해주는 것. 어쩌면 어른의 역할은 그것이 전부일지도 모른다.

## 그럼 언제 놀아?
## 난 그냥 놀고 싶은데

"마르코, 오늘 방과후수업 있어?"

내가 물으면 마르코는 시크하게 대답한다.

"몰라."

옆에 있는 아이가 어김없이 핀잔을 준다.

"야, 선생님이 말하면 존댓말로 대답해야 해. 몰라요, 라고 해야지."

마르코와 미켈 형제는 매년 6월이면 한 달씩 우리 학교에 청강생으로 오는 이탈리아 어린이다. 동생 마르코는 한국어가 많이 서툴러서 말수가 적고 형 미켈은 제법 말을 잘한다. 두 형제는 한국 음식도 입에 잘 맞는지 처음 오자마자 함께했던 학교

캠프에서 삼겹살을 상추쌈에 싸서 볼이 미어지도록 먹었다.

마르코가 가장 빛날 때는 축구를 할 때다. 달리기가 엄청나게 빠르고 지구력도 좋다. 전교생이 백 명 남짓 되는 학교에서 축구를 하려면 4학년부터 6학년까지 운동 좀 한다는 아이들을 죄다 끌어모아야 한다. 모두 한 팀이어도 모자랄 판인데 두 팀으로 나눠야 하니 축구하는 아이들은 늘 선수 기근에 시달린다. 그런데 마르코랑 한 팀이면 천하무적이 되니, 다들 마르코를 좋아할 수밖에 없다. 운동장에서 공을 차며 몰려다닐 때 마르코는 의기양양하다. 못하는 아이가 있으면 서툰 한국말로 "바보"라며 핀잔을 준다. 미켈은 마르코처럼 운동을 좋아하거나 잘하지 않지만 이야기하는 걸 좋아하고 수학을 잘한다. 수학시간에 이탈리아어로 숫자 세는 법을 알려줘서 다 함께 소리 높여 "우노, 두에, 트레, 콰트로"를 외치기도 했다.

처음 마르코와 미켈이 교실에 왔을 때 신기해하며 잘해주던 아이들은 시간이 조금 지나자 특별대우를 해주지 않았다. 잘못한 걸 이르기도 하고 청소할 때 딴짓한다고 뭐라 하기도 했다. 한국어가 서툰 것도 점점 봐주지 않았는데, 나중엔 존댓말까지 가르치려 들었다. 나도 외국인 손님이라 해서 특별대우를 하지 않으려고 노력했다. 되도록 같은 수준의 과제를 주었고 분리수거를 제대로 안 하면 혼도 냈다.

마르코에게 진공청소기를 주면서 교실 바닥 좀 밀어달라고 하면 무뚝뚝한 얼굴로 대답은 안 하지만 청소는 열심히 했다. 음악이라도 틀어놓으면 엉덩이를 들썩이고 입으로 리듬을 맞추며 청소기를 밀었다. 마르코는 그림 실력도 좋아서 칠판에 멋들어지게 내 얼굴을 그리고 '김선정'이라고 써놓기도 했다. 그 괴상한 얼굴을 보며 우리 반 아이들은 무척 즐거워했다.

체험학습 가는 길, 미켈이 내 옆자리에 앉았다. 창밖으로 도시의 쓰레기를 소각하는 타워가 보였다. 혐오감을 준다며 지역 주민들이 반대했던 시설이다. 그런데 미켈의 눈에는 아주 근사했던 모양이다.

"타워다, 타워. 나 저기 구경 가보고 싶었는데 한 번도 못 가봤어요. 올 때마다 가보고 싶었는데. 너무 멋지다……."

미켈의 감탄을 듣던 내가 이야기했다.

"저거 쓰레기 소각장 타워인데 뭐가 그렇게 멋지다고 그래. 너는 피사의 사탑 옆에 살면서."

"피사 탑은 시시해. 쓰레기 소각장 타워가 좋아."

나는 어이가 없어서 한참을 웃었다. 그 일이 있은 뒤 우리집 베란다에서 소각장 타워를 볼 때마다 그때 미켈의 말을 떠올리며 웃곤 한다. 남모르게 오글거리는 대사를 속으로 읊어보기도 한다.

'넌 누군가에겐 피사의 사탑보다 멋진 탑이야.'

나는 아파트 이름이나 평수로 친구를 차별하고 따돌렸다는 아이들에 관한 뉴스 같은 건 잘 믿지 않는 편이다. 아이들이 천사라고 생각해서가 아니라 그런 모습을 실제로 본 적이 거의 없기 때문이다. 가난한 아이, 장애가 있는 아이, 외국인 아이, 부모님이 없는 아이가 단지 그 이유만으로 배척당하고 따돌림당하는 모습을 잘 보지 못했다. 내가 관찰력이 없거나 착한 아이들만 만나서는 아니라고 생각한다.

교실에서 함께 생활한다는 것은 생각보다 힘이 세다. 편견과 차별은 일상을 꾸려가는 데 많은 방해가 된다. 아이들은 그런 귀찮은 것들은 걷어내고 얼른 놀기에 바쁘다. 차별도 특별대우도 안 한다. '편견 없다'는 말이 아이들에게는 기본값이다. 다리가 불편한 친구인데 체육시간에 준비운동을 안 한다고 눈을 둥그렇게 뜨며 화내기도 하고, 내가 보기엔 배려를 좀 해줬으면 하는 아이에게도 똑같은 잣대를 대며 평등을 주장한다. 그럴 때 나는 머쓱해진다. 혹시 내가 뿌듯함을 느끼던 배려가 결국 차별의 또다른 이름은 아니었나 돌아본다.

윤가은 감독의 영화 〈우리들〉에서 내가 특히 좋아하는 장면이 있다. 늘 친구에게 맞고 오는 막둥이 윤이를 누나 선이가 다그치는 장면이다.

"너도 때렸어야지! 걔가 때렸다며. 그럼 너도 때렸어야지!"

속상한 누나에게 윤이는 시무룩한 얼굴로 이렇게 말한다.

"친구가 때리고 나도 때리고 친구가 때리고……. 그럼 언제 놀아? 난 그냥 놀고 싶은데."

몇 번을 봐도 또다시 보고 싶은 명장면이다. 윤이의 대사는 내가 교실에서 만난 아이들에게 늘 듣는 바로 그 말이었다.

## 치료받는 아이들

"선생님, 우리 아이의 사자 같은 모습 속에는 여리디여린 토끼 같은 마음이 숨어 있어요."

"선생님, 이 그림은 화가의 유명 작품을 따라 그린 것 같아요. 며칠 전에 전시회를 다녀왔거든요."

아이에 대해 말하기도 전에 아이의 말과 행동, 미술시간에 끄적거린 그림까지도 모두 부모님이 해석해준다. 토끼 같은 모습이 숨어 있다는 어린이는 학교에서는 언제나 사자여서 친구들을 공포에 질리게 했고, 유명 작품에서 영감을 받았다는 어린이의 거친 그림은 본인에게 물어보니 만화를 따라 그리려다 망친 거라고 대답했다.

학기초, 아이를 파악하기 위한 기초조사서의 부모의견란에 열 명 중 일곱 명은 이렇게 적는다.

“우리 아이는 칭찬을 받으면 잘합니다. 많이많이 칭찬해주세요.”

자기 물건을 정리하는 것도, 수업시간에 해야 할 과제를 하는 것도, 친구들을 때리지 않는 것도 다 칭찬해야 잘할 수 있다고 한다. 그 말 이면에는 어쩐지 어떤 경우에도 아이를 혼내거나 지적하지 말라는 경고가 있는 듯해서 마음이 불편하다. 별일 아닌 일을 문제삼아 지적하고 혼내는 것은 잘못된 일이다. 그러나 당연히 해야 할 행동, 모두 지켜야 할 규칙, 반드시 배워야 하는 배려를 칭찬을 동력삼아 하게 해서는 안 된다. 무조건적인 칭찬은 아이의 주체성을 누르며 제대로 배우지 못하게 한다. 아이의 행동 하나하나를 다른 사람에게 설명해주며 어떻게 대해달라고 부모가 부탁하는 일은 아무리 생각해도 좀 이상하다.

1학년 때부터 과업에 파묻힌 아이들이 많다. 학교수업은 오히려 놀면서 배우도록 짜여 있는데 가방을 보면 영어책, 수학문제집이 한가득이다. 상담해보면 모두 ‘아이가 원해서’ 한다고 한다. 영어학원도 아이가 좋아해서, 독서논술도 아이가 재미있어해서. 수학학습지 하나, 독서록 하나, 읽을 책 한 권, 이 정도가 과업이고 나머지 시간은 태권도나 미술을 하며 재밌게 보내고 있다고 한다. 이 정도는 남들 하는 것에 비하면 아무것도 아니며 그조차도 아이와 의논해 최소한으로 하고 있다고 한다. 약속이라도 한 듯 모두가 똑같이 말한다. 도대체 이럴 때 말하는 '남들'이 누굴까? 그 실체가 있긴 한 건지 궁금하다. 본인이 원해서 즐겁게 하고 있다는데, 내가 교실에서 만나는 아이들은 대체로 우울하고 기운이 없었다. 저녁 여덟시, 아홉시가 되도록 자기 시간이 없다. 학교수업을 마치고도 할일이 잔뜩 쌓여 있다. 어른들은 그까짓 학습지 후딱 해치우고 나서 놀면 될 텐데 네가 딴짓하고 게으름 피우는 거라고 다그친다. 그러나 아이들은 안다. 학습지 몇 장 해치우고 나면 또다른 할 거리가 생긴다는 것을.

커다란 덩치에 귀여운 모자를 쓰고 온 재호. 이번주 청소당번인데 세 번이나 도망가서 오늘은 혼자 청소를 하게 되었다. 처음엔 씩씩대더니 마음이 좀 풀렸는지 빗자루질을 휘적휘적 하다가 선생님도 도와달라며 툴툴대길래 같이 청소를 했다. 음악을 틀고 있으니 〈봄봄봄〉과 〈벚꽃 엔딩〉을 신청한다. 아직 한낮의 기운이 남은 봄날, 좋아하는 노래까지 나오니 아무리 벌청소라도 기분이 좋은 모양이다. 몸을 흔들어가며 걸레질을 하다 갑자기 열창을 한다. 나도 덩달아 기분이 좋아져서 초코우유를 하나 주었더니 하트를 내뿜으며 애교까지 부린다.

이런 재호도 치료중이다. 한번 화가 나면 다 죽여버릴 거라고 저주를 퍼부으며 날뛰면서 운다. 사차원을 훌쩍 넘어선 엉뚱한 이야기도 잘하고, 무서운 그림을 자주 그리기도 한다. 이제 기분이 완전히 풀린 재호는 여러 가지 이야기를 한다. 다른 반 아이가 동아리시간에 나대고 자기에게 욕을 했다는 이야기를 할 때는 바로 그 시간으로 돌아간 듯 얼굴이 무섭게 변했다. 그러더니 갑자기 목소리를 낮추며 나에게 비밀 이야기라도 전하듯 말한다.

"선생님, 근데 걔도 알고 보면 안됐어요. 분노조절이 안 되거든요. 저랑 같은 곳에 놀이치료 다녀요."

이제 정상범주에서 조금이라도 벗어나면 모두가 치료를 권유하고 치료를 권유받는다. 미술도 음악도 글쓰기도 춤도 놀이도 대화도 다 치료의 한 방법이 되었다. 어떻게 보면 그런 것들은 '치료'라는 이름이 붙어야 마음 편하게 할 수 있는지도 모른다. 치료가 아닌 미술, 음악, 글쓰기, 춤은 모두 입시 위주가 되어버려서 그냥 하기만 하면 안 되고 남들보다 잘해야 하기 때문이다.

학교에서 하루 종일 공부하고 끝나면 또 학원. 집에 가면 이 학습지 저 학습지. 그나마 틈새에 잠시 놀 때도 어디에 갈지 무얼 할지 누구와 있을지 모든 것을 통제받는 아이들. 무엇이 좋은지 무엇이 재밌는지 찾아내기도 전에 이것저것 제시된 것들을 따라가기 바쁜 아이들. 세 살만 넘어도 노래로 배우는 영어며 놀이로 배우는 한글을 시작하는 아이들. 그나마 학교 오면 놀 시간이 생겨서 오히려 방학을 싫어하게 된 아이들.

모두들 치료를 받고 있다. 그림을 그리고 놀이를 하고 대화를 하며 해석과 솔루션을 받고 있다. 공부 잘하고 친구들과 잘 지내고 부모님 말도 잘 듣는 어린이가 되기 위해. 어린 시절의 나를 생각한다. 육 년 내내 발표를 거의 안 해서 통지표에는 소극적이고 발표를 안 한다는 말이 단골로 적혀 있었다. 차마 말하기 힘든 비밀도 많다. 지금 시대였다면 언어치료와 놀이치료가 매우 시급한 아이로 여겨졌을 것이다.

아이들이 치료를 받아가며 편입되어야 하는 교실은 어떤 교실일까. 모두가 자리에 앉아서 가만히 수업을 듣고 엉뚱한 질문을 안 하는 교실, 시간과 규칙을 철저히 지키는 교실, 이상한 점이라고는 하나도 없는 교실이겠지. 완전무결한 교실, 완전무결한 사회겠지. 그렇게 치료받은 아이들은 나중에 어떤 어른이 되어 어떤 세상을 만들까. 나는 어쩐지 알 것도 같아 무섭다. 그리고 슬프다.

# 우리가 놀면 다 놀이터

2학년들과 『학교는 즐거워』라는 그림책을 읽었다. 학교 안 이런저런 장소의 쓰임새와 활용법을 설명하는 책이다. 독후활동으로 이제 막 학교에 입학한 1학년들에게 선배로서 우리 학교 사용설명서를 만들어주는 수업을 했다. 학교에 있는 모든 장소를 칠판에 잔뜩 쓰고 한 사람당 한 장소를 맡아서 간단하게 그려본 후 이용하는 방법을 적었다. 아이들이 써놓은 설명서를 받아본 나는 엄청 크게 웃었다.

〈우리 학교 사용설명서〉

*보건실

- 한 번에 여러 명이 가지 않기.
- 아프다고 뻥치지 않기.

*남자 화장실

- 여자 오지 않기.
- 쉬 쌀 때 지켜보지 않기.

*계단

- 한 번에 한 칸씩 내려가기.
- 손잡이에서 쭉 미끄럼 타지 않기.

아이들의 글에서 그들과 내가 생활하는 모습이 고스란히 보였다. 아픈 친구가 보건실에 갈 때 너도나도 함께 가겠다며 일어서는 아이들과 혼자 가든지 한 명만 같이 가라고 만류하는 나. 볼일을 보고 있는데 여자아이가 남자 화장실 앞을 지나가는 모습만 봐도 변태라고 소리치는 남자아이들과 복도니까 지나가는 것 정도는 괜찮다고 타이르는 나. 계단 손잡이에서 미끄럼을 타기 위해 호시탐탐 기회를 노리다가 나의 매의 눈을 피하지 못하고 혼나는 아이들. 아이들이 사는 곳과 내가 사는 곳은 같지만 다르게 쓰이고 있었다.

급식실에 가려면 기다란 복도를 한참 지나서 삼층으로 올라가야 한다. 하루는 이 여정에서 이상한 소리를 듣게 되었다. 삼층 계단을 올라갈 때마다 차르르차르르 트라이앵글을 연주하는 듯한 소리가 들리는 것이다. 처음엔 무심히 지나치다가 계속되는 소리에 이상해서 살펴봤다. 알고 보니 삼층 계단의 쇠난간에서 나는 소리였다. 난간이 오래되어 아래쪽 둥그런 고정쇠가 다 들려 있었는데 여기를 지나갈 때마다 아이들이 이 고정쇠를 들어올려 차르르차르르 소리를 냈던 것이다. 선배가 하는 걸 보고 후배가, 앞사람이 하는 걸 보고 뒷사람이, 그래서 너도나도 다 무의식적으로 들어올리다보니 삼층에서는 쉴 새 없이 차르르륵 소리가 나게 되었다. 안전에는 특별히 문제가 없으니 고쳐질 일도 없고, 그렇다면 내년에도 내후년에도 이 장소에서는 늘 이 소리가 들리겠구나 싶어 나는 혼자 웃었다. 이곳을 지날 때 고정쇠를 들어올려야 한다는 무언의 약속은 이 학교의 보이지 않는 전통이 된 것 아닌가.

오래된 우리 학교 주차장 뒤에는 산도 아니고 뒤뜰도 아닌 야생 그대로의 언덕이 있었다. 아이들은 마치 정글이라도 되는 양 이곳에서 뛰놀았다. 이상한 덤불 같은 걸 모아 집을 지어놓기도 하고 죽은 새나 벌레를 발견했다고 호들갑을 떨거나 박쥐나 뱀을 봤다고 허풍을 떨기도 했다. 그러다 학교에 이곳을 정비할 수 있는 예산이 내려와서 정글은 멋진 산책길로 거듭났다. 데크와 계단이 생기고, 작은 운동장이 생기고, 예쁜 식물들이 심겼다. 선생님들 모두가 기뻐하며 새로 생긴 산책길을 걷던 날, 어디선가 볼멘소리가 들려왔다.

"옛날이 더 재밌었는데. 우리 기지가 다 없어졌어."

산책길에 울타리를 세워서 길 아닌 곳으로는 통행할 수 없게 된 것이다. 이제 마음 내키는 대로 오르내리고 미끄러질 수 없었다. 아이들은 제멋대로 쏘다니던 그 야생의 언덕을 그리워하고 있었다.

아파트마다 동네마다 있는 놀이터는 모양도 예쁘고 알록달록하다. 하지만 어른들도 알 것이다. 예전에 우리가 뛰어놀았던 곳은 '놀이터'라고 이름 붙인 곳만은 아니었다는 걸. 우리가 놀면 거기가 놀이터였다. 놀이기구 하나 없는 동네 공터에서도, 개똥이 나뒹구는 좁은 골목길에서도 아이들은 놀았다. 그런 옛 시절을 생각하며 어른들은 혀를 찬다.

"요즘 애들은 놀 줄을 몰라."

천만의 말씀이지. 시간과 친구만 있으면 아이들은 어디서든 논다. 길도 없는 언덕을 오르락내리락하며 무슨 놀이든 만들어낸다. 감시하는 눈만 없으면 교실도 즐거운 놀이터다. 칠판에 낙서를 하고, 청소도구로 하키를 하고, 사방에 숨어 술래잡기를 한다.

어린이와 어른은 같은 곳에 살고 있지만 같은 곳에 살지 않는다. 어른이 되어 어릴 때 놀았던 골목길, 어릴 때 다녔던 학교에 가봤더니 옛날 그곳이 아니어서 깜짝 놀란 경험은 누구나 있을 것이다.

"이렇게 좁은 골목이었어? 철봉이 이렇게 낮았어?"

단지 그때는 내 몸이 작았고 지금은 커져서 그런 것일까? 나는 아니라고 생각한다. 그때 그 장소는 훨씬 더 다채로운 것들로 채워져 있었을 것이다. 시대를 불문하고 아이들은 시간과 공간과 물건들을 제 기쁨과 즐거운 놀이를 위해 능수능란하게 사용하는 마법사들이니까.

오래된 계단 난간도, 야생 그대로의 언덕도 놀이터로 바꾸어 행복하게 놀 수 있는 아이들이 부럽다. 그런 모습을 보면 이제는 사라져버린, 그러나 분명 내가 거처했던 네버랜드도 어렴풋이 기억나는 것 같다. 그리고 아이들이 만들어낸 그 행복을 늘 깨뜨리는 사람이 나인 것 같아서 미안하다.

## 올해의 한 아이

2교시가 거의 끝날 무렵, 승현이가 등교했다. 교실 밖에서 신발 갈아 신는 소리부터 요란하다. 문을 열고 나가니 말을 쏟아내기 시작한다.

"가방이 너무 무거워서 신발을 갈아 신을 수가 없네. 가방이 너무 무거워. 가방이 너무 무거워."

같은 말을 열 번씩은 반복한다.

"승현아, 가방 내려놓고 신발 갈아 신자."

승현이가 건네는 가방을 받아드니 별로 무겁지가 않다.

"가방 별로 안 무거운데?"

"아닌데. 제가 큰 돌을 넣어 와서 아주 무거워요."

가방을 열어보니 큰 돌은 없고 과자만 들어 있다.

수학시간에 돌아가며 숫자 말하기 놀이를 했다. 내가 27이라고 말하면 돌아가면서 28, 29, 30을 차례대로 말하는 놀이다. 모두들 식은 죽 먹기라는 듯 자신 있는 표정으로 숫자를 말한다. 무사히 100까지 말하고 나면 끝나는데 승현이 차례가 되니 묵묵부답이다. 처음에는 일부러 아무 말도 안 한다. 그다음에는 모르는 척 아무 숫자나 말한다. 그러곤 "뭐라고?" 하면서 아이들을 둘러본다. 내가 그냥 답을 말하거나 도와줘서 게임을 억지로 이어가긴 했지만 다들 김빠진 지 오래다. 무슨 놀이를 해도 승현이 차례가 되면 막힌다.

수업시간에 22쪽을 펴라고 말하면 승현이는 가만있다가 "몇 쪽인지 말을 해줘야죠!" 하며 화낸다. "이백 다음에 삼백, 그러면 삼백 다음은?"이라고 혼자 질문했다가 "육만!"이라고 답하며 깔깔 웃는다. 내가 무언가 설명하려고 하면 불쑥 질문이 있다고 손을 든다. 막상 말을 시키면 질문이 아닌 딴 이야기를 하거나 그 순간 생각해낸 괴상한 질문을 한다. 급식실에 가면 무조건 돈가스를 내놓으라고 생떼를 쓴다. 그렇다. '올해의 한 아이'는 승현이다.

아이들은 각자의 사정에 따라 다양한 부적응 행동을 한다.

아무것도 하지 않고 멍하니 있는 아이, 말 자체를 하지 않는 아이, 무엇이든 너무 늦게 하는 아이, 끝없이 뭔가를 찢고 주변에 버리며 어지럽히는 아이. 승현이의 경우는 선생님에게 자신을 봐달라며 계속 이상행동을 하는 아이에 속한다. 지시와 반대로 행동하고 상황과 동떨어진 질문을 하며 수업을 방해한다. 따로 불러서 타이르면 "제가 그랬나요? 왜 그랬을까요?" 말꼬리를 붙잡으며 대화를 무력하게 만든다. 해마다 '올해의 한 아이'를 만나지만 좀처럼 익숙해지지 않는다. 관련 책을 찾아보고 상담을 전공한 분에게 묻고 아이의 가정환경을 살펴봐도 아이와 잘 지내는 것은 어렵게만 느껴진다.

이렇게 몸살을 앓아가며 교사는 조금씩 방법을 찾게 된다. 그 아이와 말하는 법, 지시를 따르도록 하는 법, 문제가 덜 생기게 하는 법을 찾아간다. 그 아이만의 규칙과 약속을 정하기도 하고, 그 아이에게만 주는 상을 만들기도 하고, 따로 대화로 풀어가거나 무섭게 혼을 내기도 한다. 전에 만났던 아이들과 견주어보고, 아이의 이전 담임 선생님께 물어보며 계속해서 연구한다. 이제 약간 방법을 알겠다 싶으면 일 년이 끝난다. 아이는 새로운 선생님을 만나 자신만의 방법으로 선생님을 길들이기 시작할 테고 선생님은 또 몸살을 앓을 것이다.

많은 아이들이 있는 교실에서 한 아이만 볼 수는 없다. 매 시간 해내야 하는 과업이 있고 공부해야 하는 양이 있다. 교사는 준비한 수업을 진행하고 아이들은 에너지를 짜내며 과업을 수행해나간다. 수학문제를 풀고 글을 쓰고 그림을 그리고 노래를 부르고 악기를 연주하고 친구들과 토의를 하고 미술작품을 만든다. 그렇게 모두가 고투하는 순간에 교사는 한 아이가 다른 아이들과 비슷하게 과업을 수행하도록 온 힘을 다해 돕는다. 같은 시간에 모든 아이들이 비슷한 수준의 결과물을 내놓는다는 게 쉽지 않은 일이지만 그렇게 할 수 있다고 믿으며 애쓰는 것이다.

부모님을 만나봐도 이미 부모가 아이를 감당할 수 없는 상태이거나 우리 아이에게 한마디라도 하면 가만있지 않겠다는 방어적인 태세를 갖추고 있을 때가 대부분이다. 아이에게 낙인이 찍히지 않도록 조심하고 어떻게 오늘 하루 별문제 없이 지내도록 할까 노심초사하며 일 년 같은 하루하루를 보낸다.

스무 해가 넘는 교직생활 내내 교실에는 늘 '한 아이'가 있었다. 퇴직을 하고 시간강사를 가도 한 아이가 보인다. 한 시간만 수업해도 금방 티가 난다. 그 아이를 만나면 골똘해진다. 이해하기 어려운 너의 행동과 말들에 동요하지 않고 오늘 하루 잘 지낼 수 있을까. 그렇게 고민한 숱한 날들 중 제대로 성공한 적은 없었다. 성공 비슷하게 했다고 착각한 순간도 사실 내가 적당히 포기했거나 익숙해진 것이었다.

그럼에도 불구하고 한 인간이 가진 알 수 없는 문제들과 씨름하며 고민했던 시간은 그 자체로 소중했다. 처음에는 내가 편하자고 했던 고민들이 점점 아이 입장에서 생각하는 것으로 바뀐 것도 나의 성장이었다. 무엇보다 가장 감동적인 순간은 내가 그토록 씨름했던 그 아이가 어엿한 6학년으로 잘 자라 있는 모습을 볼 때였다. 나만 고민하며 막막한 시간들을 보낸 것이 아니었다. 1학년, 2학년, 3학년, 4학년, 5학년, 6학년 선생님들 모두가 애를 썼다. 누구보다 그 아이가 가장 애를 썼다.

오늘도 교실에서 고군분투할 한 아이와 그의 부모님, 선생님, 같은 반에서 지내며 자기도 모르게 그 아이를 성장시키고 있는 친구들을 온 마음을 다해 응원한다. 사람은 여러 가지 방식으로 사회에 적응하며 자기 자신을 만들어나간다. 그 방법이 다양하다는 것을 알아가는 과정은 그 아이뿐 아니라 주위 사람들의 폭도 넓힌다. 결코 헛되고 무용한 견딤이 아니다. 우리는 함께 살아야 하고 함께 살 수 있다는 것, 교실은 그것을 배우는 곳이니까.

# 내 친구의 집은 어디인가

소규모 체험학습 시즌이 왔다. 일명 모둠데이트. 학년초에 서너 명의 아이들과 순서를 정해 놀러나가는 것이다. 이번 주제는 '내 친구의 집은 어디인가'로 잡았다. 가정에서 신청을 받아 친구 집을 방문하는 프로젝트다. 아이들이 친구 집 가는 것도 양쪽 보호자의 동의와 약속이 있어야 하는 부담스러운 일이 된 지금, 교사가 학생 집에 간다는 건 꽤 용기가 필요한 일이다. 작은 학교에서 오래 근무하며 신뢰와 정이 쌓였다고 믿고 시도했다. 다행히 여러 가정에서 선생님과 친구들을 흔쾌히 초대해주었다. 그렇게 일주일 정도, 오후마다 아이들 손을 잡고 이 집 저 집 놀러다녔다. 봄 햇살이 따스한 오후, 아홉 살 아이들과 동네를 돌아다니다보니 나도 꼭 초등학생이 된 것 같은 기분이 들었다.

동네를 나란히 걸으며 학교에서는 속을 썩이던 녀석이 동네 슈퍼 아주머니에게는 싹싹하고 귀여운 어린이라는 것을 알게 되기도 했다. 길 알려줄 때는 자신 있는 표정을 짓다가도 막상 집 앞에 도착하면 어쩐지 수줍은 표정이 되었다. 학교에 있을 때 다 비슷해 보였던 아이들은 자기 집에 가까워질수록 다른 아이가 되는 것 같았다. 내가 아는 공간에서만 드러나는 고유함. 누군가에게 동네, 집, 가족을 보인다는 것은 그런 고유함을 드러내는 일이니까.

아이들은 자기 집을 소개하며 놀잇감을 설명해주고 돌 사진, 유치원 때 사진도 보여줬다. 자기 손님이 왔다고 음료수를 내주기도 하고, 함께 사는 고양이를 한번 안아주라고 조르기도 했다. 친구 집에서 옛날 사진도 보고 부모님이 내주는 핫도그나 군밤 같은 맛있는 간식도 먹으니 학교에서는 앙숙이던 아이들도 사이좋게 잘 놀았다. 식탁을 연결해 탁구를 치고, 고무딱지 놀이도 하고, 집 주변 산책도 하고, 아파트 놀이터에서도 놀았다. 남의 집에 갈 때는 신발을 가지런히 정리하고 인사를 공손히 하고 과자 하나라도 사서 가고 주인의 허락 없이는 함부로 여기저기 들쑤시지 않아야 한다는 것도 공부하고 말이다.

안심하고 들어가서 놀 수 있는 따스하고 훈훈한 집들을 보고 나니 마음이 좋았지만 한편으로는 슬프기도 했다. 그동안 내가 봤던 많은 아이들의 집이 생각났기 때문이다. 가끔 퇴근길에 아이들을 집에 데려다주기도 하고 학교생활에 문제가 있으면 가정방문을 하기도 했다.

소위 '일진'들이 판을 치던 시절, 도저히 안되겠다 싶어 찾아갔던 아이의 집은 골목 깊숙한 곳에 있었다. 한 쪽짜리 대문을 열고 들어가니 온 식구가 다 있었다. 아이의 아빠와 짧은 이야기를 나눈 후 다 알 것 같은 기분이 들어서 더이상 아이를 혼낼 수가 없었다. 까만 그물 비닐이 덮인 하우스여서 대낮에도 어두컴컴한 집, 축사 바로 옆이어서 파리가 많고 냄새가 나는 집, 논두렁길을 지나 한참 들어가야 하는 집도 있었다. 좀처럼 오지 않는 버스에서 내려 걸어야 하는 그 길이 멀고 힘들고 위험해 보였다.

열한시가 넘도록 학교에 안 오고, 연락할 길도 없는 아이가 걱정되어 가본 집에는 늦잠 자고 있는 아이 혼자만 있었다. 겨우 4학년이 된 여자아이였다. 부모님이 싸워서 아이와 아이 오빠만 남겨두고 나가버린 지 일주일은 됐다고 했다. 철거 직전의 연립주택에는 화장실이 없었다. 방 하나에 부엌 하나만 딸린 그 집은 문단속도 되지 않았다.

졸업 원서에 찍을 도장을 안 가져와서 찾아갔던 6학년 남자 아이의 집은 동네 불량배들의 아지트였다. 도장을 가지러 들어가기가 무서워서 등골이 쭈뼛했다. 갓 태어난 동생을 돌봐야 해서 학교에 못 온다는 2학년 여자아이 집에 찾아갔을 때 아이의 아버지는 혼자 아이 둘을 키우기가 힘들다며 백만 원만 빌려주면 아이를 학교에 보낼 수 있다고 했다.

내게 아이들의 집을 본다는 것은 오랫동안 절박한 일이었다. 집 나간 부모님과 용케 연락이 돼서 한숨 돌리기도 하고, 아이가 집을 나와 미끄럼틀 같은 곳에서 노숙을 하는 바람에 부랴부랴 그룹홈으로 보낸 일도 있었지만 손쓸 수 없는 경우가 더 많았다. 학교에서는 비슷해 보인다는 사실이 신기할 정도로 아이들의 가정환경은 천차만별이었다. 분명히 가정환경에 문제가 있어 보이는데 부모님과 소통이 안 될 때는 실과수업 핑계를 대며 집 평면도를 그려보라고 한 적도 있었다.

내가 어릴 때는 교사 업무에 가정방문이 포함되어 있었다. 담임 선생님이 우리집에 온다는 게 긴장됐지만 어쩐지 설레기도 했던 기억이 난다. 그 가정방문이 촌지 문제와 보호자 부담 등을 이유로 사라지고, 인권문제로 가정형편 조사도 제대로 할 수 없어진 지금, 아이들의 집을 포함한 가정환경은 미지의 세계가 되었다. 이제는 여교사 혼자 아이들 집을 방문하는 일은 공포 체험과 다름없게 되었고 평면도 따위로 아이들의 가정형편을 짐작해볼 수도 없다. 자기 방이 있는지 화장실이 있는지를 넘어 그 집에 어떤 사람이 있는지, 그 사람이 아이를 어떻게 대하는지 알 수가 없기 때문이다. 예나 지금이나 아이들을 위협하는 것은 집이 아니라 그곳에 같이 사는 사람이다.

아주 오랫동안 아이들의 집을 생각하면 두렵고 무서웠다. '어서 빨리 자라서 어른이 되어라. 그리고 그 집에서 나와라.' 나는 속으로 그 말밖에 할 수가 없었다. 함께 사는 어른이 해야 할 일은 아이에게 쉴 수 있는 집을 마련해주는 것이다. 아이가 밖에서 힘든 일, 슬픈 일을 겪고 들어왔을 때 "어서 와라" 하며 맞이해주는 것이다. 그런 어른이 한 명만 있다면 아이는 살아갈 수 있다던 선배의 말을 나는 잊지 못한다. 그 사소함은 아직도 많은 곳에서 실현되지 않는다.

## 비닐하우스 앞의 두 아이

그 아이의 집은 비닐하우스였다. 시골에서 혼자 사신다는 할머니가 오랜만에 올라오셔서 온갖 잔소리를 구시렁대며 빨래를 하고 있었다. 하우스 안에는 집이라고 부르기 어려운 콘크리트 구조물이 있었다. 방 두 칸, 부엌 한 칸. 5월 말인데도 콘크리트 구조물 안은 찜통처럼 더웠다.

처음 1학년을 맡을 때 걱정이 이만저만이 아니었다. 늘 고학년만 해왔던 터라 입학식 전날 밤잠을 온통 설쳤다. 서른여 명의 아이들이 부모님을 따라 교실로 들어왔을 때 반갑기보다는 진땀이 났다. 실내화를 갈아 신는 것부터 급식실에서 젓가락 숟가락 정리하는 것까지 하나하나 가르쳐야 했다. 아무리 꼼꼼하게 한다고 해도 빈틈이 생겼다. 둘째를 임신중인데다가 학기 시작하자마자 아버지가 돌아가셔서 나에겐 더 쉽지 않은 봄이었다. 오줌과 똥을 못 가리는 아이, 조금만 어려운 일을 시키면 우는 아이, 걸핏하면 다른 친구를 때리는 아이. 숫자가 많으니 보이는 모습들도 다양했다.

그중 유난히 키가 작고 앳되어 유치원생처럼 보이는 아이가 있었다. 이 아이는 집에 갈 시간이 되어도 통 가질 않았다. 사정을 들어보니 누나랑 둘이 학교를 다니는데 학교에서 집까지 버스 타고 가려면 누나를 기다리는 수밖에 없다는 거였다. 아빠는 아침에 일 나가서 밤 열두 시가 넘어서 들어온다 했고 엄마는 오래전 집을 나가 얼굴도 모른다고 했다. 까치집 같은 머리에 매일매일 똑같은 옷차림을 하고 오는 3학년 누나가 유일한 보호자인 듯 아이는 악착같이 누나만 기다렸다.

아이는 어린이집, 유치원을 계속 다녔지만 아직 한글을 몰랐고 글씨가 온통 괴발개발이어서 알아보기 힘들었다. 받아쓰기를 열심히 하고 칸 공책에 연습을 시켜도 글씨는 그대로였고 읽기도 늘지 않았다. 아이는 차비가 없다며 온 학교 선생님들에게 오백 원씩 받아서 군것질을 했다. 나는 늘 똑같은 옷을 입고 다니는 녀석에게 조카가 입던 옷을 한 보따리 주기도 하고 숙직실에 데려가 머리를 감겨주기도 했다. 아이는 나를 졸졸 따라다녔고, 나는 맨날 내 옆에서만 밥을 먹으려는 아이를 슬그머니 피해 딴 데 가서 밥을 먹기도 했다.

5월쯤 되자 아이의 집에 가봐야겠다는 생각이 들었다. 좀처럼 씻고 오는 날이 없고 준비물은 하나도 안 가져오는 이 아이가 도대체 어떻게 사는지 봐야겠다고 생각한 것이다. 가뭄에 콩 나듯 연결되는 아이 아빠와의 통화로는 아무것도 해결되지가 않았다. 나는 아이와 아이 누나와 함께 학교를 나섰다. 버스 정류장에서 집으로 가는 길에는 사나운 개가 컹컹 짖었고 주변엔 잡풀이 무성했다. 옆으로는 둑길이어서 물이 불어나면 위험할 것 같은데 아이의 집은 개울 건너 까만 비닐하우스라고 했다. 개울로 내려가는 비탈길은 임신중인 내가 따라가기엔 벅찼다.

겨우겨우 집에 도착했더니 할머니는 아이가 오자마자 잔소리를 늘어놓았다. 무슨 팔자에 손주놈 빨래를 해야 하냐며 담임인 나에게 하소연을 하더니 내 부른 배도 아랑곳않고 심부름까지 시켰다. 화장실도 없는 비닐하우스를 둘러보니 몸도 마음도 답답해지기 시작했다.

마침 그날은 큰엄마를 따라 할머니 생일잔치에 가기로 했다고 아이와 누나는 싱글벙글이었다. 큰엄마네 집에 가서 맛있는 것도 먹고 장난감도 갖고 놀 거라며 아침부터 자랑을 늘어놨다.

집에 도착해서 할머니랑 이야기하다보니 정말 큰엄마가 왔다. 서울에서 왔다는 큰엄마는 좋은 차를 끌고 와 하우스 앞에 있는 밭에서 열무며 상추며 채소를 땄다. 하지만 할머니와 큰엄마는 생일잔치에 아이들을 데려가지 않았다. 사위가 어둑어둑해지는 해거름에 할머니와 큰엄마, 그리고 가정방문을 온 선생님은 차를 타고 훌쩍 가버렸고 아이들은 비닐하우스에 남았다.

열무며 상추를 잔뜩 딴 큰엄마가 할머니를 태운 후 선생님도 집에 모셔다드리겠다고 했을 때 나는 냉큼 그 차에 올라타버렸다. 다시 비탈길을 올라 집까지 걸어갈 자신도 없었고 날도 너무 더웠다. 큰엄마는 하우스에 사는 시조카들까지 집에 데려가 저녁 먹이고 재우기가 성가셨을 것이고, 할머니는 생일상 차려주겠다는 며느리 집에 가면서 손주 두 명까지 데려가자고 말하기가 불편했을 것이다. 어른들이 가진 제각각의 이유가 무엇이든 간에, 아이들은 큰엄마가 사다준 과자 상자와 할머니가 볶아놓은 고추장이 있는 비닐하우스에 덩그러니 남게 됐다.

둘째를 낳고 출산휴가를 낸 동안 아이와 누나는 전학을 가버렸다. 아이의 아빠가 먼 대도시에 일자리를 잡아서 이사를 갔다고 들었다. 그후로는 아무 소식도 들을 수 없었다. 하지만 그날의 기억은 내 학교생활 내내 마음 깊숙한 곳에 단단히 뿌

리박았다. 내가 그 집을 떠난 건데 이상하게도 내가 탄 차가 점점 멀어지는 모습이 몇 번이고 머릿속에서 재생되었다. 할머니와 큰엄마와 선생님이 탄 승용차가 멀어지는 것을 물끄러미 바라보며 비닐하우스 앞에 멀뚱하게 서 있던 두 아이에게 나는 어떤 사람이었을까.

다시 그 아이의 담임이 된다면 세수하는데 등짝을 발로 걷어찼다는 아빠 욕도 실컷 해주고 누나랑 맛있는 거 사먹으라고 몰래 돈도 쥐여줄 수 있을까. 지금의 나라면 아마 그럴 것 같다. 그런 일들이 아이에게 아무 도움이 되어주지 못하더라도 그렇게 해줄 것 같다. 무엇보다 큰엄마랑 할머니가 냉큼 차에 올라탔을 때, 선생님이랑 선생님 집에 가서 맛있는 것도 먹고 재밌는 영화도 보자며 우리집에 데려갔을 것 같다. 하지만 나는 그날 아이들 옆에 남지 않았다. 내가 너무 힘들어서 그냥 못 본 척했다. 늦긴 하겠지만 아이들 아버지가 집에 올 것이고, 내 몸 하나 건사하기도 힘든 임산부고, 핑계 댈 것은 많았다. 하지만 나는 안다. 같은 상황에서 나와 같은 선택을 하지 않을 사람도 분명히 있다는 것을.

그렇게 해야 한다는 걸 알았지만 하지 않은 수많은 일들, 그렇게 하면 안 된다는 걸 몰라서 해버렸던 수많은 일들, 그렇게 한번 놓쳐버리면 다시 오지 않아 영영 후회로 남는 순간들. 지난날들을 돌아보면 그런 게 참 많다. 순간의 선택이 인생까지 바꾸는지는 잘 모르겠지만 순간들이 쌓여 내가 되고 인생이 된다는 것을 이제 나는 안다.

## 자세히 보면 평화롭다

시골 분교 1학년 반으로 일주일 시간강사를 나가게 됐다. 아이들이 세 명이라고 했다. 반 전체 인원이 세 명이라니, 도무지 상상이 가지 않았다. 첫 발령 때는 사십여 명, 그다음엔 삼십여 명, 혁신학교에서 근무할 때는 이십여 명, 아주 적을 때는 열네 명까지 가르쳐본 적이 있었지만 한 자릿수는 처음이었다.

삼십여 명을 가르치다가 처음 열네 명의 담임을 맡게 되었을 때는 아이들에게 안 온 아이가 있는지를 자꾸 물었다. 아이들이 "다 왔는데요" 대답해도 인원이 모자란 것 같아서 고개를 갸웃거렸다. 그런데 세 명이라니. 출근하기 전부터 호기심이 커졌다.

출근 첫날, 약속된 시간보다 사십 분쯤 일찍 교실에 들어갔다. 담임 선생님이 꼼꼼하게 준비해놓은 자료들도 살피고, 교실 창문도 열고, 교과서도 보면서 아이들 맞을 준비를 했다. 아홉 시가 되기 직전, 조그만 여자아이가 교실 문을 열고 빼꼼 고개를 내밀었다. 세 명 중 한 명은 일주일 내내 결석할 거라는 안내가 있었기에 벌써 절반이나 등교를 한 셈이었다. 나머지 한 명이 올 때까지 뭘 할까 하다가 칠판에 내 이름을 쓰고 내 얼굴을 그렸다. 그 옆에 방금 등교한 아이의 이름을 쓰고 얼굴을 그렸다. 그렇게 둘이서 그림을 그리며 기다리는데 나머지 한 아이가 아닌 아이의 엄마가 문을 두드렸다. 오는 길에 혼이 났는데 우느라 조금 늦는다는 말을 전했다. 우리는 그 친구가 얼른 울음을 그치고 교실에 들어오기를 기다리며 계속 그림을 그렸다.

그렇게 두 여자아이와 일주일을 보냈다. 아침에는 주로 국어 공부를 했다. 그림책에 나온 문장을 읽고 써보며 문장의 구조를 익혔다. 앞에 앉은 어린이가 두 명이니 그냥 그림책을 펼쳐서 보여주면 되었다. 쉬는 시간이 되어도 교실이 너무 조용해 음악을 틀어놓았다. 이틀쯤 지나서는 셋이서 텃밭에 토마토를 따먹으러 가고 그네도 탔다. 책을 빌리러 도서관에 갈 때도 셋이 갔다. 공부하다가 밥때가 되면 다 같이 손을 씻고 급식실에 가서 맛있는 밥을 먹었다.

가족을 소개하는 시간에는 인원수가 적은 덕분에 완전학습을 할 수 있었다. 가족의 성격, 잘하는 것, 좋아하는 것을 카드에 쓰고 얼굴을 그리는 활동이 있는데 아직 글씨 쓰기도 서투른 1학년들에게는 난도가 매우 높다. 1학년들이 삼십여 명씩 앉아 있을 땐 이 수업을 어떻게 할지 걱정을 많이 했다. 과연 자기 식구들의 특징을 생각해내어 그것을 단어로 정리할 수 있을까? 잘하는 친구가 하는 것을 따라 쓴다고 해도 쉽지 않을 듯했다. 그러나 학생이 두 명밖에 없는 교실에서는 모두를 꼼꼼히 챙기고 살필 수 있었다. 둘 다 가족이 다섯 명으로 숫자가 똑같았고 비슷한 나이의 언니 오빠 들이 있었다. 아이들에게 가족의 특징을 묻고 칠판에 글씨를 써줬다. 아이들은 본인들이 불러준 가족의 특징을 자기 카드에 따라 쓰고 얼굴을 그렸다. 한 명이 먼저 끝나도 다른 친구가 끝나기 전에는 다음 활동을 할 수 없으니 서로 기다리고 도와줬다.

수학수업을 할 때도 마찬가지였다. 한 명이 모르면 다음 진도를 나갈 수 없기 때문에 둘 다 알 때까지 천천히 학습했다. 통합시간에는 놀이를 해보았다. 같이 노래를 부르고 교실에 사방치기 판을 그려서 펄쩍펄쩍 뛰며 놀았다. 셋이 하니 차례가 금방 돌아와 사방치기하는 사십 분 동안 말을 잇기가 어려울

만큼 숨이 찼다.

교실은 대체로 조용했다. 웬만해서는 소리 높일 일이 없었고 화를 낼 일은 더더욱 없었다. 평화로운 일주일이 끝나갈 무렵 어린이들과 이런저런 얘기를 나눠보니 부모님들은 전학을 고민하고 있는 것 같았다. 아무래도 학교에서 친구관계도 중요하다는 것을 생각하면 육 년이란 기간을 두 친구와만 보내게 하기는 어려울 것 같았다.

삼십여 명의 교실을 경험하고 온 나에게 이런 환경은 놀라움의 연속이었다. 아이들이 많은 교실에서 교사가 놓치는 것들이 얼마나 많으며 아이들이 스스로 눈치껏 해내야 하는 일들은 또 얼마나 많은지. '자세히 보아야 예쁘다'는 나태주 시인의 시가 저절로 생각났다. 인원수가 적어 할 수 있는 일과 할 수 없는 일들을 견주어보면서 어느 쪽이 더 나을까 생각해봤다. 내가 나로 충분히 존재하면서도 집단 중 한 명으로 안정감을 느낄 수 있는 학생 수의 기준은 과연 몇 명일까. 교사가 한 명씩 들여다보고 가르칠 수 있으면서도 힘을 모아 배우고 함께 활동하는 기쁨을 느끼려면 몇 명의 친구들이 함께해야 할까.

마지막날은 비가 억수같이 내렸다. 같이 읽은 그림책을 도서관에 반납하고 사방치기를 몇 판 더 하고 급식까지 맛있게 먹은 뒤 우리는 쿨하게 헤어졌다. 그 일주일 동안 나는 적은 숫자가 줄 수 있는 가장 확실한 것이 무엇인지 알게 되었다. 바로 평화였다. 서로를 가까이서 들여다보는 데서 오는 평화. 이해가 되기 때문에 찾아오는 평화. 자세히 보면 평화롭다. 교실에서는 더욱 그렇다.

# 불평등의 진화

오래전 활동했던 교사 모임에서 무료로 배포하는 잡지를 만든 적이 있다. 몇 호 나오지 않고 끝나긴 했지만 나름 의미 있고 즐거운 일이었다. 한번은 '학교 안의 불평등'을 주제로 기획 기사를 준비했다.

'아이들이 중앙현관을 드나들지 못하는 것에 대해 어떻게 생각하는가.'

'선생님들은 슬리퍼를 신는데 왜 아이들은 못 신게 하는가.'

'선생님들 신발장은 현관에 있어서 편리하게 실내화로 갈아 신을 수 있는데 아이들은 왜 신발주머니를 들고 다녀야 하는가.'

이런 학교 일상 속 불평등에 관한 설문조사를 해서 선생님들의 생각을 들어보고자 하는 것이 취지였다. 학교에 여전히 잔존하는 권위주의를 깨고 민주적인 학교 문화를 만들어가는 데 일조하자는 젊은 교사들의 바람이 담긴 기획이었고, 당연히 좋은 반응이 있을 거라 예상했다. 그러나 설문지가 배포된 후 우리는 의외의 반응에 맞닥뜨렸다. 당시 꽤 진보적이고 권위의식이 덜하다고 생각한 교사 집단에 설문지가 나갔음에도 아주 부정적인 반응이 돌아왔다.

'불쾌하다. 이 설문의 의도가 뭐냐.'

'학교에서 고생하는 교사들 사기를 떨어뜨리는 거냐.'

'이런 사소한 것들이 뭐가 중요하냐.'

어찌어찌 설문지를 회수해서 반응을 분석하고 그래프로 만들어 교사들의 문제의식에 대해 글을 쓰긴 했지만 뜻밖의 비난에 의욕이 많이 꺾였던 기억이 난다.

내가 학생이었던 80~90년대의 학교는 폭행과 폭력으로 얼룩진 난장판이었다. 지금 생각하면 믿기지 않는 수준의 구타와 성추행이 있었고 노골적인 차별과 인권 말살 수준의 폭행, 욕설이 있었다. 안 그래도 겁이 많은 나는 매를 맞지 않으려고 눈치를 엄청 살폈고, 그래서 많이 맞진 않았지만 수업시간에 담임 선생님 아들을 데리고 병원을 가거나 선생님이 신발주머니에 넣어 준 거금의 돈을 농협에 입금하러 다니는 심부름을 했다.

교대를 졸업하고 기간제 교사로 공립학교를 갔을 때도 크게 나아진 건 없었다. 여전히 선생님의 기분에 따라 손찌검을 당하는 학생이 있었고, 아이들이 선생님 커피잔 씻는 것을 아무렇지 않게 여기는 문화가 있었다. 첫 발령을 받았던 시골 학교에서도 아이들은 맞고 있었다. 친구와 떠들던 아이가 호명되어 구령대에서 따귀를 맞았고 옆 반 선생님은 복도에서 뛰는 아이들 머리를 줄넘기 손잡이로 때렸다. 나는 아직까지도 학생의 마음이어서 그런 교사들이 너무 무서웠다. 교실 앞문을 벌컥 열고 "너 애들 조용히 못 시키니?" 하며 나에게 삿대질을 하는 교사가 같은 직장에서 같은 일을 하는 동료로 보이지 않았다.

인권 감수성이 예민한 사람들이 먼저 문제를 제기하고 희생하며 싸우면서 사회는 서서히 바뀌어왔다. 대다수 보통 사람들은 그 변화를 천천히 따라가는 것이다. 학교도 마찬가지다. 많은 사람들의 노력으로 체벌과 구타는 금지되었고 이십 년 전에는 도발적인 문제였던 중앙현관 출입금지도 사라졌다. 학교의 모든 공간은 위험하거나 보안상 문제가 없으면 학생들의 통행이 자유롭다. 1층에 전교생의 신발장이 있는 학교가 많아졌다.

학생들에게 교무실이나 행정실 청소를 시키는 학교도 내가 알기로는 거의 없다.

그렇다고 해서 모든 불평등이 사라졌을까. 교사는 아이들에게 끝없이 항의를 받는다. "선생님 의자는 빙글빙글 돌아가고 편한 건데 왜 우리는 여기 앉아야 해요." "왜 선생님 책상에는 컴퓨터가 있어요." "왜 선생님들은 연구실에 맛있는 간식 놓고 먹으면서 우리는 과자 못 먹게 해요." "왜 선생님들은 급식을 많이 받아요." "왜 선생님들은……." 내가 예민하게 인식하지 못해서 그렇지 지금도 수많은 불평등이 존재할 것이다.

사회의 모든 구성원 중에 아이들이 가장 좋은 대접을 받으면 좋겠다. 아이들이 앉는 의자는 각자 체형에 맞고 성장에 도움이 되는 제품이어야 하고 책상도 높이가 맞아야 한다. 교실 환경은 안전하면서도 아름다워야 하니 각종 교구나 전자제품도 최상급이면 좋겠다. 아이들이 쓰는 화장실이 백화점 화장실보다 더 깨끗하고 각 학년의 체형에 맞는 세면대와 변기로 채워지면 좋겠다. 배고픈 아이들이 돈 걱정 없이 실컷 먹을 수 있는 영양만점의 간식도 교실에 늘 구비되어 있으면 좋겠다.

그러나 현실은 딴판이다. 학교 환경은 어른들이 일하는 회사보다 훨씬 더 위험하고 지저분하다. 교실에만 냉난방기가 있어서 복도에 나가면 너무 춥거나 너무 덥고, 건물이 오래되어 각종 벌레가 출몰하며 보안에도 취약해 언제 어디서 위험한 사람이 뛰어 들어올지 모르는 형편이다. 학교마다 급식실이 생기기 전에는 밥도 교실에서 먹고 치웠다. 지금도 학생 수에 비해 급식실이 작은 학교는 교실급식을 한다. 청소인력이 학교에 들어오기 시작한 것도 내가 교사생활을 시작하고 꽤 오랜 시간이 지난 후였다. 한번은 교실에 손 씻을 수 있는 싱크대가 있는 학교를 보고 놀랐던 기억이 있다. 미술수업을 하거나 화분에 물을 주거나 청소할 때 무척 편할 것 같아 부러웠다. 이런 사소한 디테일이 큰 변화를 만드는 것이다.

지금 아이들에게 당연한 것들이 세월이 지나면 어이없는 것이 될지도 모른다. 세상의 가장 좋은 것들이 아이들에게 먼저 돌아가고 가장 우수한 인력이 학교로 투입되면 좋겠다. 보호자가 없거나 장애가 있거나 도움이 필요한 아이들이 요청도 하기 전에 모든 것이 미리 서비스되는 곳이 학교면 좋겠다. 학교에 돈을 투자하고 사람을 고용해야 한다. 아이들이 선생님을 보며 '나도 어른이 되면 간식도 맘대로 먹고 좋은 의자에 앉아야지' 하고 생각하는 것이 아니라 바로 지금 하고 싶은 것을 누릴 수 있도록 말이다.

지금 어린이들은 노키즈존, 각종 어린이 비하 표현 등 또다른 불평등을 경험하는 중이다. 사회가 바뀌면 혐오도 불평등도 새로운 모습으로 바뀐다. 사회의 약자를 대하는 사람들은 날마다 인식을 벼리지 않으면 언제라도 퇴보의 길로 가기 쉽다. 타자와 자리를 바꿔 내가 쓰는 말을, 내가 쓰는 공간을, 내가 누리는 것들을 낯설게 바라봐야 한다. 우리가 비교해야 할 것은 옛날과 지금이 아니라 오늘, 나와 타자의 자리다.

## 겸손하고 뻔뻔하게 살아갈 수밖에

해질녘이 되면 대체로 우울하다. 집에 있어도 우울하고 집밖에 있어도 우울하다. 이 시간대에는 쪽팔렸던 기억들이 우수수 떠오른다. SNS에 인생 책이라고 올렸는데 그 작가가 돌아올 수 없는 치욕의 강을 건넌 일, 나보다 경력 많은 선생님들 앞에서 교육이란 무엇인가 떠들며 잘난 척했던 일, 속으로는 그렇게 생각하지도 않으면서 잘 보이고 싶어 앞에 있는 사람을 한껏 추켜올렸던 일이 떠오른다. 순간 욱한 마음에 감정적으로 대해서 영원히 틀어져버린 사람들이 떠오르고, 실언을 했다가 허둥지둥 수습했던 기억들이 떠오른다.

그러나 역시 가장 많이 떠오르는 우울한 기억은 아이들과 관련된 것들이다. 90년대 후반에 교사가 되어 시대의 구림을 온몸으로 받아안으며 지었던 죄가 많다. 지금 생각하면 교육과는 아무 상관도 없는 군대식 수련회에 별 고민도 없이 아이들을 데려가고, 교장의 지시로 구독했던 어린이신문으로 아침자습을 시키고, 이름조차 부끄러운 '애국조회시간'에 똑바로 줄을 안 선다고 눈을 부라렸다. 삼십 센티 자로 아이의 손바닥을 찰싹 때리기도 하고 책상 위에 눈감고 무릎 꿇는 기합을 주기도 했다. 지금 생각하면 말도 안 되는 학교의 관행과 규칙들을 별다른 의심 없이 따랐다. 아이들 입장에서 고민하는 사람이라고 생각했지만 내가 속한 사회의 분위기를 거스를 정도로 비범하진 못했다. 무지와 방관 속에 일조한 순간이 많았다. 다른 교사들과 모임을 하고 스스로 공부도 하며 조금씩 고쳐나갔다. 참 오랜 시간이 걸렸다.

내 직업에 자부심을 갖고 행복하게 일했노라고 말하기 어려운 것은 언제라도 등줄기를 서늘하게 만드는 이런 죄책감 때문이다. 저런 기억들 속에 '선생님'이라는 존재로 누군가의 과거에 서 있을 것을 생각하면 마음이 괴롭다. 작가가 될 때 필명을 안 쓴 일도 후회스럽다. 과거에 저지른 학교폭력으로 비상 직전에 추락하는 연예인처럼, 아이들이 내 책을 들고 쫓아와 "선생님은 나쁜 사람이었잖아요!"라며 소리를 지를 것 같다. 그다지 유명하지 않고 앞으로도 유명해질 가능성은 거의 없지만 더 적극적으로 유명해지고 싶지 않다고 생각한다.

이보다 더 사소하지만 더 창피한 기억들도 깨알처럼 많다. 4학년 수학문제도 못 풀어서 쩔쩔매던 사람, 세상 지루하게 도덕수업을 해놓고 도덕과 거리가 멀게 호통을 친 사람, 본인이 귀찮아서 취소한 게 분명한 행사를 너희들 때문이라며 덮어씌우던 사람, 이렇게 나를 기억하며 코웃음 치는 아이들이 많을 것이다. 내 직업은 누군가의 선명한 어린 시절에 박제당해 끝없이 소환된다. 나는 누군가의 기억 속에 남아 있고 싶지 않다. 좋은 사람으로도 나쁜 사람으로도 불리지 않고 그냥 잊히고 싶다. 동화 『최기봉을 찾아라!』에 썼던 최기봉 선생님은 내 소망이 투영된 자화상인 것이다.

그땐 잘 몰랐다거나, 그래도 저항하려 애를 썼다거나, 다른 누구보다는 나았다고 목놓아 변명하고 싶어질 때면 이렇게 생각한다. 지금도 여전히 몰라서 짓고 있는 죄가 있을 것이니 더 정신을 차리자고. 잘 알지도 못하면서 함부로 단정짓지 말고 당연해 보이는 것들도 다시 들여다보자고. 누군가의 기억 속에 소환되어 뒷담화를 당하고 있을 것 같아 억울한 마음, 쫓아가서 변명하고 싶은 마음, 그런 것들을 그냥 그대로 받아들이자고 나를 다독인다. 그때 나는 그 정도밖에 안 되는 사람이었다는 것을 인정하고 나면 다시 뻔뻔하게 살아갈 기운이 생긴다.

그리고 주위를 보며 또 한번 다짐한다. 지금 그렇게 실수하고 있을, 나중에 후회할 일을 저지르고 있을 다른 사람을 용서해주자고. 그도 나처럼 세월이 지나면 목놓아 소리치고 싶을 수도 있다. 과거의 나를 고칠 순 없으니 지금 내 옆의 서툰 사람에게 관대해지자, 그렇게 결심한다.

과거에 했던 말과 행동들을 떠올릴 때 떳떳하기만 한 사람이 과연 몇이나 될까 싶다. 그런 면에서 교사는 유난히 후회가 많은 직업이다. 나에게 반박하기 어려웠을 어린이들 앞에서 잘났다고 떠들어댄 말들이 그들의 기억 속에 계속 자리잡고 있을까봐, 그때는 몰랐던 선생님의 이중적인 모습을 어른이 된 뒤에 깨닫고 배신감을 느낄까봐 두렵다. 그러니 겸손해질 수밖에 없다. 계속해서 겸손하고 뻔뻔하게 살아갈 수밖에.

## 스승 찾기

〈김선정 선생님. 교육청에서 연락 와서 메모 남겨뒀어요.〉

할일은 많은데 나른하고 졸려서 아무것도 하기 싫은 오후, 교무실에서 쪽지가 왔다. 보나마나 지겨운 일거리겠지. 벌써 피로한 마음으로 열어본 쪽지에는 뜻밖의 내용이 담겨 있었다.

—○○○님이 경기도 포천 △△초등학교에 근무하신 김선정 선생님을 찾고 있습니다.

나를 찾는다는 이의 핸드폰 번호도 같이 있었다. 이름을 보자마자 삐죽삐죽한 까치머리, 걸걸한 목소리가 떠올랐다. 축구를 좋아해서 얼굴이 늘 시커멓게 타 있고 숙제를 맨날 안 해와서 나머지공부를 자주 했던 아이. 스승의 날에 내 자취방 문손잡이에 양말 한 켤레가 든 까만 비닐봉지를 걸어놓고 집에 가면 꼭 확인해보라고 신신당부했던 아이.

반가운 마음에 전달받은 전화번호로 얼른 전화를 걸었다. 신호가 갔지만 받지 않았다. 낮시간이니까 일하고 있겠지. 그해 열한 살이었으니 지금은 서른 살이 다 되었을 테고 서른 살은 인생에서 한창 바쁜 시기니까.

6학년 담임을 자주 했던 삼십대 중반에는 하루가 멀다 하고 졸업한 아이들이 찾아왔다. 인근 중학교에 간 아이들은 딱히 할일이 없으면 삼삼오오 모여서 옛날 얘기도 할 수 있고 친구들도 만날 수 있고 간식도 얻어먹을 수 있으니 6학년 때 담임을 곧잘 찾아오곤 했다. 처음엔 내가 보고 싶고 내가 좋아서 찾아온다고 생각했다. '담임이 싫었으면 찾아오겠어?' 이런 우쭐한 마음. 아이들이 찾아오면 교실에 있는 과자도 주고 가끔 피자도 시켜주고 퇴근길에 함께 아이스크림을 사 먹기도 했다. 세월이 흘러 나이든 교사가 되고부터는 아이들이 찾아오는 게 반갑지만은 않았다. 한참 사춘기를 앓는 삐딱한 얼굴로 대뜸 뭘 사달라고 할 때는 심란하기도 했다.

이제 좋아할 필요도 화를 낼 필요도 없이 오래 만나온 제자들에게서만 일 년에 한두 번 드문드문 연락이 올 무렵, 교육청을 통해 번호를 남긴 이 아이와의 연락은 이것저것 잴 필요 없는 연락이라 생각했다. 그 아이랑 많은 얘길 나눈 것 같지도 않은데 왜 이십 년 전 4학년 담임을 교육청까지 동원해서 찾는지 궁금했다. 전화를 안 받은 아이에게 메시지를 남겼다.

〈반갑다. 김선정 선생님이야. 너도 벌써 서른이 넘었겠네. 무슨 일로 선생님을 찾았니. 잊지 않고 있다는 게 신기하구나.〉

그러고 며칠이 지나도록 아무 연락이 없었다. 혹시나 싶어 전화번호를 저장해서 카톡으로도 안부를 남겼다. 카톡을 남긴 후에도 한참 숫자 1이 사라지지 않았다. 일주일이나 지났을까. 그 아이로부터 답장이 왔다.

〈아, 네 선생님 안녕하세요. 건강하시죠?〉

나는 더 길게 답장을 보내며 반갑게 인사를 했다. 서로 잘 지내고 건강하라는 인사가 몇 마디 오간 후 짧은 대화는 끝이 났다. 교육청 스승 찾기 시스템이 어떻게 되어 있는지 나는 아직도 잘 모른다. 그냥 스승 찾기를 하면 무조건 자기 번호를 집어넣게 되어 있는지도 모르겠다. 어쨌든 내가 문자를 하면서 명백히 느낀 것은 그 아이의 당황스러움이었다. 스승 찾기를 해보기는 했는데 설마 옛날의 선생님에게 직접 연락이 올 줄은 몰랐다는 의아함과 뻘쭘함. 나는 다시 한번 깊이 깨달았다. 우리가 오래전 만들었던 과거의 인연은 그때의 인연으로 잘 남겨놓고 사는 것이 좋다는 것을.

왁자지껄 아이들이 모인 동창회에 초대되어 가본 적이 있다. 워낙에 이벤트를 좋아하지 않는 나는 도무지 적응이 안 되는 어색한 자리였다. 무슨 이야기를 나누어야 할지도 알 수 없었고, 언제 일어서야 할지 가늠하기도 어려웠다. 그후로 그런 자리는 피했다.

살아가면서 옛날 선생님이, 그것도 초등학교 때 선생님이 생각날 이유가 무엇이 있을까 생각해본다. 나는 미담 속에 등장하는 선생님처럼 평생 잊지 못할 격려를 해준 적도 없는 평범하기 짝이 없는 교사일 뿐이다. 아마 옛 선생님이 떠올랐다면 그것은 그 선생님이 아니라 어린이였던 자기 자신을 떠올린 걸지도 모른다. 아직 기쁨이 많던 시절, 마음속에 아름답게 남아 있는 한 시절에 대한 그리움과 함께.

학교라는 곳은 엄연히 공적인 공간이다. 나는 그곳에서 수많은 사람들을 만났고 또 헤어졌다. 그들을 다시 만난다는 것은 사적인 인연으로 관계를 새로고침한다는 것이다. 그렇게까지 할 수 있는 사람들은 많지 않았다. 더구나 교사와 학생은 어른과 어린이로 만나서 배우고 가르치던 인연이다. 다시 만나서 새롭게 관계를 쌓아나가는 것이 쉬운 일은 아니다.

학교에 오래 근무했다고 하면 사람들이 묻는다. '제자들이 연락 많이 하죠?' 귀찮을 정도로 연락이 끊이지 않을 때도 있었고 오래오래 안부를 물어주는 따뜻한 제자들도 가끔 있지만 역시 나는 잊히는 쪽이 좋다고 생각한다. 기억 속에, 생각 속에 사는 사람으로 존재하고 싶지 현실세계에 몸과 마음이 실재하는 인간으로 튀어나오고 싶지 않다. 물론 어른 대 어른으로 만나서도 아름다운 인연을 이어가는 스승과 제자도 세상에는 많을 것이다. 그러나 나는 이편이 좋다. 스승 찾기 같은 메뉴는 이제 없어져도 된다고 생각한다.

이 글을 쓰고 나서 교육청 스승 찾기 시스템에 들어가보았다. 직접 전화를 걸어 상담원과 통화한 후 자신의 연락처를 남기게 되어 있고, 신청일로부터 5일이 경과된 후에도 연락받지 못하면 스승이 연락을 받을 수 없거나 연락을 희망하지 않는 경우라고 나와 있었다. 개인정보보호법에 의거한 여러 가지 경고도 있었다. 아, 앙상하고 쓸쓸하다. 역시 없어져도 괜찮을 것 같다.

# 너의 졸업, 나의 졸업

2021년 1월, 내가 가르친 6학년 아이들의 졸업식이 있었다. 이 아이들을 끝으로 나도 교직생활을 마치게 되었으니 나의 졸업식이기도 했다. 코로나 바이러스로 늦춰진 졸업식만은 제발 등교해서 할 수 있기를 소망하며 열심히 준비를 했지만 결국 온라인으로 진행하게 되었다. 일 년 내내 제대로 만나지도 못했는데 졸업식마저 온라인으로 치르게 된 아이들이 너무 안타까웠다.

역병이 잠시 잠잠해진 틈에 잽싸게 찍어둔 사진이 담긴 졸업앨범, 특별히 주문해둔 개별 장미꽃, 잔소리를 해가며 겨우 완성한 롤링페이퍼, 예산을 여기저기서 끌어와 구입한 졸업선물,

6학년 선생님들이 마음을 다해 만든 졸업 기념품들을 쇼핑백에 하나하나 넣었다. 학교에 졸업선물을 받으러 올 때 사진이라도 찍고 가라고 운동장과 교실에 포토존도 만들었다.

졸업 전날, 다른 때보다 더 신경써서 차려입은 아이들이 시간차를 두고 교실에 도착하자 제법 행사 분위기가 났다. 풍선과 반짝이로 만들어놓은 포토존에서 마스크를 쓴 채 사진을 찍고 자신의 졸업장과 상장을 확인했다. 교실에 못 들어오고 운동장에서 기다리고 있는 부모님들과도 사진을 찍었다. 사진촬영을 맡은 선생님이 폴라로이드 카메라를 들고 돌아다니며 즉석사진을 찍어주었다. 나도 아이들과 같이 사진을 찍었다. 운동장에는 하얗게 쌓인 눈 위로 햇살이 반짝였고 아이들의 깔깔 웃음소리는 코로나도 잠시 잊게 만들어주었다.

졸업식 당일, 이백 명이 넘는 사람들이 온라인 졸업식에 참여했다. 온라인이니까 할 수 있는 활동들을 준비했다. 아이들의 어릴 때 사진과 지금 사진을 배치하여 시상식 콘셉트로 졸업장과 상장을 전달하고 선생님들이 만든 축하 동영상을 함께 봤다. 학부모들도 깜짝 선물로 영상메시지를 보내주었다. 화면 너머로 울먹이는 아이들이 보였다. 고마움과 아쉬움과 그리움을 담은 말들이 채팅창에 주르륵 올라왔다. 비록 온라인이지만 따뜻하고 뭉클한 졸업식이었다. 졸업식이 끝난 뒤에도 채팅방을 나가지 않고 서성이는 아이들도 있었고 못다 한 인사를 채팅으로 계속 남기는 부모님들도 있었다. 몇몇 선생님들이 눈시울을 붉혔다.

아이들을 제대로 보지도 못한 채 사계절이 갔다. 생전 처음 경험해본 일 년. 교실 창밖 벚나무가 꽃을 피우고, 초록 잎을 드리우고, 다시 낙엽을 떨굴 때까지 대부분의 시간을 혼자 교실에 앉아 화면을 보며 보냈다. 아이들에게는 한 것 없이 지나가버린 일 년이었을 것이고 나에게는 교직생활 중 가장 길고 힘들었던 일 년이었다.

그동안 꽤 여러 번 6학년을 맡았고 당연히 졸업식도 여러 번 했다. 생각해보면 졸업이 그렇게 색다른 이벤트일 이유는 없다. 어느 학년을 맡든 일 년이 지나면 아이들과 헤어지고 새로운 아이들을 만나기 때문이다. 그럼에도 6학년을 중학교로 보내는 마음은 남다르다. 다른 학년과 헤어질 때와는 달리 6학년과 헤어질 때는 늘 울게 되곤 했다. 앞니 빠진 꼬꼬마들이 의젓한 소년소녀가 되도록 키운 부모님들의 감회어린 표정, 아이들이 부르는 졸업식 노래 같은 것들이 세상 무뚝뚝한 나 같은 사람도 눈물 흘리게 했다.

그래도 마지막 졸업식에서는 울지 않았다. 온라인 졸업식이어서만은 아니다. 아이들과 함께 나도 졸업을 했기 때문이다. 23년, 아니 내가 초등학생일 때부터 시작한 39년의 학교생활을 그날 나도 마쳤다. 학교를 그만두겠다고 마음먹었을 때부터 어떤 식으로 끝이 날까 늘 궁금했다. 선생님들에게 작별인사를 하면서 울게 될까? 뭔가 감회를 말하게 될까? 아쉬울까? 그런 예상들이 무색하게 조금도 슬프거나 아쉽지 않았다. 졸업식 날 내가 느낀 것은 인생에 다시 없을 해방감이었다. 내 인생에 더 이상 직장은 없다. 더이상 출근도 퇴근도 시간표도 없다. 3월의 긴장감, 4월의 편도염, 5월의 운동회, 6월의 성적 처리, 싸움 말리기, 항의전화 받기, 지겨운 회의, 매일매일 책임져야 하는 여섯 시간의 수업, 간섭과 잔소리로 완성되는 하루하루……. 해마다 반복되던 이 모든 것들을 더이상 겪지 않아도 된다는 생각밖에 없었다.

아이들이 너무 좋아서, 자꾸 보고 싶어서 학교 가는 게 그저 즐거웠던 시절도 있었고, 새로운 학교 문화와 교육과정을 만들고 싶어서 다시 대학에 간 것처럼 동료 선생님들과 머리를 맞대어 공부하고 토론하던 시절도 있었다. 이런저런 시행착오를 딛고 이제 아이들과 사이좋게 지내면서도 권위 있는 어른으로

서 있는 교사가 되었다고 속으로 자부심을 느낄 때도 있었다.

많은 날들을 지나는 동안 모든 직장인들이 그러하듯 나는 서서히 소진되었다. 언제부턴가 아침에 눈을 떠서 출근하기까지의 과정이 끝없는 고통으로 느껴졌다. 소파에 멍하니 앉아 움직이는 시곗바늘을 쳐다보며 '학교 가기 싫다'를 백번 되뇌다 터벅터벅 현관으로 향하는 날들이 반복되었다.

교실에서 내가 하는 말들은 필연적으로 지시와 훈계와 잔소리로 채워진다. 점점 내가 하는 말들을 스스로 견디기가 어려워졌다. 학교에서 겪는 어려움엔 항상 이유가 있었는데 어느 시점부터는 아무런 이유가 없었다. '여기는 더이상 내가 있을 곳이 아니다'라는 생각이 감당할 수 없을 정도로 커졌다.

어느 날 아침, 교문으로 들어가기 싫어 학교 앞 카페에서 최대한 출근을 미루며 앉아 있었다. 별생각 없이 뒤적이던 잡지에서 '당신은 있고 싶은 곳에 있나요?'라는 문장을 보고 눈물이 흘렀다. 그날로 퇴사에 관한 책들을 찾아 읽기 시작했다. 퇴직한 후 가정경제에 대해 온갖 시뮬레이션을 돌리며 남편과 이야기하다 싸우기를 거듭했다. 나는 이제 내가 있고 싶은 곳에 있고 싶었다. 아이들의 목소리가 가득한 교실에서 어쩔 수 없이 해야 할 이야기만 하는 게 아니라 고요한 곳에서 내가 하고 싶은 이야기를 천천히 하고 싶었다. 이제는 그렇게 살아도 될 것이라는 확신이 내 안에 서서히 자리잡았다.

코로나로 정신없었던 마지막 한 해, 처음 해보는 온라인수업 준비로 매일매일이 전쟁이었다. 그러던 중 명예퇴직 서류를 접수했고, 마침내 통과되었다는 공문을 받았다. 그때부터 미지의 인생이 시작될 그날을 떨리는 마음으로 기다리며 하루하루를 보냈다.

학교를 떠나며 혹시 사람들 앞에서 이야기를 하게 된다면 무슨 말을 해야 할까? 혼자 온갖 상상을 하며 마지막 인사를 진지하게 고민했다. 하지만 내가 마지막으로 근무한 학교는 겨우 이 년을 근무한 아직 낯선 직장이었고, 코로나가 기승을 부리는 상황에 사람들 앞에서 거창한 퇴직 소감을 말할 기회 같은 건 없었다. 몇몇 동료 교사들은 '너무 좋겠다'며 부러움을 연발했고, 교사가 아닌 이들은 '어떻게 그 좋은 직장을 때려치우냐'며 탄식했다. 그렇게 오래 근무한 학교를, 직장을 떠나는 기분이 어떠냐고 진지하게 묻는 사람은 없었다.

이 책은 아무도 묻지 않았지만 내가 스스로에게 묻고 싶은 질문, 그 질문에 대한 긴 대답이다. 졸업식이 끝난 텅 빈 교실에서 느낀, 이름 붙이지 못한 감정에 대한 긴 주석이기도 하다.

“이제 23년간 근무했던 학교를 떠납니다. 마지막으로 하고 싶은 말은…….”

에필로그

# 계속되는 점심시간

이제 나는 늘 앉아 있던 교실 안의 내 자리, 그곳이 아닌 다른 곳에서 글을 쓰고 일을 하고 공부를 한다. 한적한 동네카페에서, 도서관의 커다란 책상에서, 어떨 때는 우리집 식탁에서. 일을 하다보면 하루 중 제일 좋아하는 점심시간이 다가온다. 가끔 외식할 때도 있지만 대부분은 집밥. 열두시쯤부터 오늘은 뭘 만들어 먹을까 즐거운 궁리를 한다. 단출한 메뉴에는 차가운 맥주를 곁들일 때도 있다. 나 혼자만을 위한 고요한 밥. 이런 점심시간이 아직 익숙하지 않다. 아이들의 웃음소리, 말소리가 배경음악처럼 들리는 것 같기도 하다.

어렸던 나에게 학교는 너무나 무서운 곳이었다. 유치원도 안 다녀본 내가 처음 속하게 된 커다란 사회. 선생님은 왜인지 모르지만 늘 화난 얼굴이었고 교실을 가득 채운 아이들은 낯설었다. 학교를 안 다닐 수 있다는 상상은 해본 적도 없어서 눈물을 닦으며 억지로 학교에 갔다. 아무 힘도 없는 어린아이들이 빼곡하게 앉아 있는 교실. 그 안에서 무소불위의 권력을 휘두르던 교사라는 어른. 어린 나이에도 분명히 알 수 있었던 교실 안의 서열. 좋은 친구를 만나기도 하고 어설픈 짝사랑도 했지만 학교가 내게 준 기억은 대부분 어두운 것이었다.

어른이 되어 교사로 다녔던 학교는 내가 어릴 때와 많이 달라져 있기는 했다. 하지만 진짜 달라진 게 맞을까? 그저 내가 힘 있는 어른으로 서 있기 때문에 어렸을 때의 공포와 두려움을 잊은 건 아닐까. 학교는 여전히 무력한 존재들이 어쩔 수 없이 적응해나가야 하는 의무로 가득한 곳이다. 학교에 오기 싫지만 자기가 안 다니면 부모님이 감옥에 가야 한다며 힘없이 말하던 어린이를 나는 최근까지도 봤다. 그런 어린이들이 학교에 오는 게 조금이라도 즐거워지기를, 조금이라도 마음이 가벼워지기를 바라며 애를 썼다. 하지만 교실에서 만난 어린이들은 예전의 나처럼 눈물을 닦고 있을 때가 많았다. 그 눈물을 닦아주기에 나는 부족한 사람이었다. 돌아보면 인생의 진리를 전해주는 현명한 어른도, 추운 마음을 품어주는 따뜻한 선생님도 아닌, 주말을 기다리며 퀭한 얼굴로 출근하는 직장인일 때가 많았다.

초등학교 교사가 되고 싶다는 생각을 한 번도 해본 적 없었다. 항공운항과, 행정학과, 법학과, 미학과, 치의예과, 약학과, 영문학과를 가고 싶다고 생각한 적은 있지만 초등학교 교사를 내 미래로 그려본 적은 없었다. 아이들을 특별히 좋아하지도 않고 타고나길 무뚝뚝한 나였지만 '등록금이 저렴하다' '여자 직업으로는 최고다'라는 어른들의 말에 떠밀려 교대를 선택하게 되었다. 친구들은 정 교사를 하고 싶다면 최소한 중학교나 고등학교 선생님이 되라고 했다. 김선정이 초등학교 교사라니 당치도 않다고.

그러나 정신을 차려보니 나는 초등학교 교사가 되어 있었다. 더 놀라운 건 아이들을 좋아하게 되었다는 사실이다. 특히 우리 반 아이들을. 서로가 서로에게 낯선 3월, 말썽꾼들을 보며 내가 재들을 좋아할 수 있을까 걱정하다가도 들장미 피는 5월이 되면 거짓말처럼 다 정들어 있었다.

아이들은 내가 실수하고도 억지를 부려도, 걸핏하면 말을 바꾸고 못나게 굴어도 개의치 않았다. 웬만한 실수는 대범하게 용서를 해줬으며 거리낌없이 다시 다가와주었다. 누구보다 나랑 노는 것을 즐거워해주었고 저희들 무리에 잘 끼워주었다. 작은 관심과 사랑에도 "우리 선생님 최고!" "우리 선생님 착하다!"라는 찬사를 보냈다. 아이들과 있을 때면 내가 좀 괜찮은 어른인가 싶었다. 어린이들이 아니면 누구에게도 결코 받을 수 없는 칭찬과 격려를 받은 덕택에 나는 부풀려진 자존감을 갖고 살아갈 수 있었다.

'사랑해요'라는 말이 대뜸 적힌 수많은 카드와 편지. 조금만 친해지면 그려줬던 내 얼굴. 색색의 종이로 접어준 하트와 꽃. 통크게 나눠준 정체불명의 간식. 손등에 붙여준 스티커. 내 건조한 설명이 무색할 만큼 눈부시고 놀라웠던 수업시간 작품들. 이런 것들로 학교에서의 내 일상은 다채롭고 화려했다. 솔직하고 겸손하며 나쁜 일을 잊는 데 선수인 작은 사람들 덕택에 나는 천성적인 우울과 비관을 잊고 많은 순간 낙관적일 수 있었다.

지난 23년간 내가 앉아 있고 서 있던 교실. 그 안에서 함께 살아간 모든 어린이들. 이제는 얼굴도 이름도 잘 기억나지 않지만 내 인생에 단단히 자리잡은 수많은 사람들. 힘들기도 했고 슬프기도 했고 기쁘기도 했을 그 시간들을 통과해서 쉼 없이 살아가고 있을 그들에게 고맙다는 인사를 전한다. 이 책은 온통 당신들 덕에 쓸 수 있었다.

모두 안녕한 하루를 보내고 있기를, 좋은 것들로 각자의 점심시간을 채우고 있기를.

어느 평일의 점심시간

동네 도서관에서

김선정

너와 나의 점심시간_우리가 가장 열심이었던 날들


1판 1쇄 2022년 12월 22일
1판 2쇄 2023년 2월 13일

지은이 김선정
책임편집 정현경 | 편집 곽수빈 원선화 이복희
디자인 윤종윤 장혜미
마케팅 정민호 이숙재 김도윤 한민아 이민경 안남영 김수현 왕지경 황승현 김혜원
브랜딩 함유지 함근아 박민재 김희숙 고보미 정승민
제작 강신은 김동욱 임현식 | 제작처 영신사

펴낸곳 (주)문학동네 | 펴낸이 김소영
출판등록 1993년 10월 22일 제2003-000045호
주소 10881 경기도 파주시 회동길 210
전자우편 kids@munhak.com | 대표전화 031) 955-8888 | 팩스 031) 955-8855
문의전화 031) 955-3578(마케팅) 02) 3144-3239(편집)
홈페이지 www.munhak.com | 카페 cafe.naver.com/mhdn
북클럽 bookclubmunhak.com | 인스타그램 @kidsmunhak | 트위터 @kidsmunhak

ISBN 978-89-546-9033-1 03810

잘못된 책은 구입하신 서점에서 교환해드립니다.
기타 교환 문의: 031) 955-2661, 3580